LES CAFÉS

POLITIQUES ET LITTÉRAIRES

DE PARIS

DU MÊME AUTEUR

———

LES DISCOURS DU TRONE, depuis 1814 jusqu'à nos jours, avec une préface. 1 volume in-12.

HISTOIRE DE LA COMMUNE. 1 volume in-12.

MÉMOIRE DE L'ÉLECTION DU ROI CHARLES VII. 1 vol. in-12.

LIGIER RICHIER, artiste lorrain. Petit volume in-18.

LE ROMAN D'UN PARVENU. 1 volume in-12.

MADEMOISELLE DE MERVILLE. 1 volume in-12.

EN PRÉPARATION :

LA DAME DE MONTBRAS. 1 volume in-12.

———

Paris. — J. CLAYE, imprimeur, 7, rue Saint-Benoît. — [1450]

AUGUSTE LEPAGE

LES CAFÉS

POLITIQUES ET LITTÉRAIRES

DE PARIS

Le Procope — La Renaissance — Madrid
Suède — Le Rat-Mort — Buci
Frontin — Brasserie Saint-Séverin — Foy
Le Coup du Milieu, etc.

PARIS

E. DENTU, LIBRAIRE-ÉDITEUR

PALAIS ROYAL, 17-19, GALERIE D'ORLÉANS

PRÉFACE

 EAUCOUP de personnes s'imaginent que les journalistes sont des piliers de cafés, qu'ils passent dans ces établissements toutes leurs journées et une partie de leurs nuits, écrivant leurs articles entre deux consommations. Nous ne voulons pas ici protester contre une croyance absolument fausse et parfaitement absurde; cependant, comme le titre de notre livre pourrait faire supposer que nous venons apporter des preuves nouvelles à l'appui de cette idée, nous croyons utile d'expliquer au lecteur ce qu'est l'existence d'un écrivain travaillant sérieusement.

D'abord, dans les cafés quels qu'ils soient, les journalistes ne sont jamais dans leur milieu; sauf de rares exceptions, le public ne leur convient pas et les braves gens qui, en dégustant un moka plus ou moins pur, rédigent des constitutions, crient contre les formes de gouvernement qui n'ont pas l'heur de les satisfaire, discutent les impôts et causent sur l'économie sociale, ne

1

s'imaginent pas combien leurs raisonnements faux,
débités en mauvais français, intéressent peu les
écrivains. En dehors de ces considérations purement morales, d'autres causes non moins im-
portantes empêchent les rédacteurs des journaux
parisiens de s'attarder trop longtemps dans les
cafés. Il y a le travail quotidien du journal. Il
faut aller à la rédaction, causer du numéro du
jour, écrire les articles. Le metteur en pages
entr'ouvre la porte des bureaux, réclame la copie,
il faut se presser. Cependant des visites arrivent,
on renvoie bien quelques importuns, mais on est
malgré tout obligé de recevoir, et, tout en écoutant un récit, on écrit un article dont il faut
ensuite corriger les épreuves.

Pour les journaux du soir, la besogne est terminée à deux heures, mais pour les journaux du
matin il faut retourner dans l'après-dînée travailler quelquefois jusqu'à minuit ou une heure.

A côté de cette tâche quotidienne, beaucoup
d'écrivains travaillent pour des feuilles spéciales,
littéraires, scientifiques, économiques, des revues,
et écrivent ces articles chez eux. D'autres, critiques de théâtres, sont obligés d'assister aux premières représentations et, souvent, en sortant
d'écouter cinq actes, doivent s'asseoir devant une
table ou un bureau ; outre les théâtres, il y a les
séances hebdomadaires des académies, les réunions des sociétés scientifiques et littéraires, les
bals, les soirées, les concerts dont il faut parler,
faire les comptes rendus. Puis les gens à recevoir,
les visites obligatoires à rendre, les lettres à

écrire : on admettra que toutes ces choses suffisent pour occuper la journée d'un homme. Le café n'y est donc qu'une espèce de centre où l'on peut se voir et causer pendant quelques minutes ; mais là même souvent le journaliste travaille. Le correspondant des feuilles des départements recueille les dernières nouvelles et attend l'heure extrême pour mettre sa lettre à la poste. Le reporter va de l'un à l'autre, causant à l'homme politique, à l'artiste, à l'auteur dramatique, et prend des notes qui paraîtront le lendemain.

Les prétendus journalistes qui établissent leur domicile au café ne sont que des déclassés et des impuissants qui, au lieu de travailler sérieusement, trouvent plus commode de se livrer à des critiques contre la société et surtout contre leurs confrères arrivés, grâce à l'énergie et au travail, à conquérir une position. Ces individus préparent l'avénement des nouvelles couches sociales qui les porteront au pouvoir dans des moments de crises et les enverront à la Chambre sous des gouvernements réguliers. Le café n'est donc qu'un bien modeste accessoire dans l'existence de l'écrivain sérieux, et même, lorsqu'il y va, c'est pour lire les journaux, les revues, écrire une lettre ou sa correspondance, voir des confrères, recevoir des importuns, mais rarement pour s'amuser. Le temps lui fait défaut.

LES CAFÉS

POLITIQUES ET LITTÉRAIRES

LE CAFÉ FOY [1]

E café de Foy a été une des curiosi-
tés de Paris. Fondé sous le règne de
Louis XVI, il avait alors sa façade
principale sur la rue de Richelieu et une
terrasse occupait un coin du jardin du
Palais-Royal. Quand le duc d'Orléans, alors propriétaire de ce palais, eut fait construire les belles
maisons à arcades qui entourent le jardin de trois
côtés, les immeubles des rues de Richelieu et des
Bons-Enfants, qui avaient une de leurs façades
sur cette promenade, s'en trouvèrent séparées par
les rues de Montpensier et de Valois. Les propriétaires réclamèrent, les locataires se plaignirent,
les boutiquiers protestèrent, mais tout fut inutile

1. Le nom de café Foy a prévalu.

et les industriels durent aller habiter les boutiques
créées sous les arcades. Le café de Foy se déplaça,
quitta son installation primitive et se rétablit à
l'endroit où toute la génération des dernières années du XVIIIe siècle et celle de la première moitié
du XIXe l'ont vu prospérer, décliner et disparaître
définitivement. Il avait primitivement pour enseigne : *A la Foy;* ce nom parut sans doute trop
long et il devint le café de *Foy.*

Pendant la première République, le jardin du
Palais-Royal était fréquenté par les politiqueurs
de toutes nuances, depuis le royaliste jusqu'au
pourvoyeur de la guillotine; les boursiers, les
aigres-fins, les filles publiques, les incroyables du
Directoire s'y coudoyaient. Sous l'Empire, les uni-
formes des officiers et des généraux remplacè-
rent les costumes extravagants et grotesques des
citoyens animés du *souffle de 92.*

En 1815, la célébrité du café y attira les chefs
des troupes étrangères, et beaucoup de serviteurs
dévoués de Napoléon Ier s'y rendaient également,
dans le but de froisser par leurs airs ou leurs
discours les chefs russes, allemands ou anglais, et
de les forcer ainsi à se battre. Beaucoup de duels
naquirent de ces disputes, naturellement la population parisienne prenait toujours le parti des
Français.

Le peintre Carle Vernet était un des habitués
du café de Foy, où son fils Horace allait le voir
souvent. Ce dernier peignit même au plafond une
hirondelle qui est devenue légendaire et que plusieurs générations sont allées voir, ne se doutant

pas que l'hirondelle primitive avait été enlevée et
remplacée désavantageusement par une autre,
œuvre d'un barbouilleur quelconque. Mais on
admirait de confiance.

Un jour, ou plutôt un soir après minuit, au
moment où les habitués de l'établissement se reti-
raient, les peintres en bâtiments entrèrent munis
de leurs échelles et se mirent en devoir de laver
le plafond, de donner un éclat nouveau aux do-
rures, de rajeunir les peintures. Le jeune Horace
grimpa sur une échelle, muni d'un pot de cou-
leur et d'un pinceau, et en peu de temps une
demi-douzaine d'hirondelles ornaient le plafond.
L'un de ces oiseaux fut conservé, grâce à M. Lenoir, alors patron du café, son jeune client portant un nom déjà célèbre et qu'il devait illustrer
encore. Quand M. Lenoir vendit son fonds, il fit
détacher le morceau de plafond sur lequel était
peint l'oiseau et le plaça dans sa collection artistique. Son successeur fit remplacer l'hirondelle et
aujourd'hui on voit encore cette copie que beaucoup prennent pour l'original.

Carle Vernet, fort âgé, avait l'habitude de s'asseoir toujours à la même table. Quand, par
hasard, sa place était prise par un client de passage, on lui mettait à côté de sa table un guéri-
don et il attendait tranquillement que l'intrus
déguerpît. Paul Delaroche accompagnait son ami
Vernet.

Dans les premières années du règne de Louis-
Philippe, beaucoup d'Anglais fréquentaient le café
de Foy. L'amiral Sidney-Smith, celui qui, en

1799, avait aidé Djezzar-pacha à défendre Saint-
Jean d'Acre contre Bonaparte, se faisait remarquer par la quantité de punchs qu'il absorbait. Il
arrivait souvent qu'il roulait sous la table ; alors
un de ses compatriotes, taillé en Hercule, le colonel Thomas Swel, le chargeait sur ses épaules
et le remportait avec une gravité toute britannique.

L'habitué le plus étrange de ce café fut longtemps Chodruc-Duclos, qui dans un costume
invraisemblable parlait aux clients les plus distingués, leur serrait la main, et, après avoir em-
prunté deux francs — jamais plus — à l'un ou à
l'autre, s'asseyait à une table et les dépensait.
Chodruc-Duclos était la terreur du patron, auquel
il faisait souvent le même emprunt, il demandait
ensuite une consommation de dix sous ou de
quinze sous, payait avec la pièce qu'il venait de
recevoir et laissait le reste au garçon.

Un digne pendant de Chodruc-Duclos comme
malpropreté était un Grec, Nicolopoulo, qui passait
pour un savant ; son pantalon passé à l'état de
charpie ne se soutenait que grâce à une corde for-
mant ceinture. Le reste du costume était à l'avenant.
Nicolopoulo entrait au café toujours chargé de
vieux bouquins qu'il compulsait gravement sans
s'occuper, pas plus que Chodruc, des signes de
dégoût manifestés par ses voisins.

Les excentriques que nous venons de citer faisaient un contraste violent avec les autres habitués,
distingués de costumes et de manières et dont
beaucoup ont acquis la célébrité ou au moins une

notoriété très-grande. Nous citerons : M. Lemaître
de Sacy, le savant traducteur de la Bible, François Arago, l'illustre astronome, et son frère
Jacques, le voyageur, Emmanuel, fils de François, vaudevilliste spirituel et qui grâce à son nom
devait devenir député et ministre de la justice
après le 4 septembre. A cette époque c'était un
gros garçon aux joues rebondies, aux yeux à
fleur de tête, à la taille élevée. D'une belle pres-
tance, il était l'idole des jeunes artistes, qui
le contemplaient respectueusement. Avec l'âge,
M. Emmanuel Arago a engraissé, mais il a
renoncé au vaudeville, ce que nous nous permet-
tons de regretter. Nous nous rappelons qu'aux
dernières élections qui eurent lieu sous l'Empire,
en 1869, il se porta candidat, concurremment avec
M. A. Lavertujon, rédacteur en chef de la *Gironde,*
de Bordeaux. A cette époque le parti avancé
trimballait déjà ses candidats d'une extrémité à
l'autre de la France. Dans leurs courses aux environs de Paris, ils débitaient les boniments de
circonstance sous des hangars, dans des salles de
bal, et juchés sur les tréteaux. M. Lavertujon
variait un peu ses discours, M. Arago répéta le
même partout. Dans ce fameux programme, il
parlait de la Compagnie de Jésus et disait de ses
membres : « Je combattrai les jésuites, ces conspirateurs de partout et ces citoyens de nulle part! »

Pour prononcer cette phrase il prenait un air
inspiré et sa voix faisait trembler les vitres. Quelques jeunes gens s'amusèrent de ces mots répétés
trois ou quatre fois par jour, suivirent partout

le candidat et l'accompagnaient quand, après avoir
repris haleine et levé les yeux au plafond, il commençait : « Je combattrai, etc... » Cette plaisanterie tournait à la *scie*, les frères et amis eux-
mêmes riaient comme des bienheureux. M. Arago,
ne jugea pas opportun de modifier son discours
qui dura jusqu'à la fin de la période électorale
Il doit être précieusement conservé dans quelque
carton pour être employé à l'occasion.

Venaient ensuite M. Plougoulm, un véritable
jurisconsulte, auteur de brochures de grande
valeur et de traductions d'auteurs latins et grecs,
procureur général à Toulouse, avocat général à
la Cour de cassation, puis conseiller à cette même
cour, mort en 1863 ; M. Dupin, non moins célèbre,
mort sénateur après avoir occupé les postes les
plus élevés de la magistrature ; M. Payen, le savant
chimiste, membre de l'Académie des sciences ;
le docteur Bouillaud, une célébrité médicale de
l'époque ; Évariste Bavoux, conseiller d'État sous
l'Empire, écrivain politique qui n'a point abandonné la cause napoléonienne. M. de Montalivet, ministre de Louis-Philippe, auteur d'un ouvrage écrit pour répondre à M. Rouher. Le titre
de ce volume est *Rien, ou dix-huit ans de parle-
mentarisme*; M. de Montalivet a acquis un regain
de notoriété par le brusque abandon des idées
politiques qu'il avait toujours soutenues. Crémieux,
un des personnages qui ont été si fatals à la France ;
Ledru-Rollin[1], l'homme au vasistas du Conserva-

1. Un individu nommé Daubéret, condamné, le

toire des arts et métiers ; le comte d'Argout, qui a
été gouverneur de la Banque de France ; M. Baroche, devenu ministre de la justice sous Napoléon III, mort pendant la guerre. On connaît la
fin héroïque de son fils, tué au Bourget ; M. Haussmann, le créateur du nouveau Paris.

Après les savants et les jurisconsultes nous
citerons les militaires : Cavaignac, qui devait
rendre au parti de l'ordre tant de services en
1848 ; Négrier, tué cette même année en combat-
tant les insurgés républicains ; le vieux général
comte Pajol, qui avait fait toutes les campagnes
de l'Empire et s'était mêlé activement au mouvement de 1830 ; le général Pajot, portant fièrre-
ment une longue queue qui frétillait entre ses
épaules ; le colonel du Barail et son fils, devenu
lui-même général de division, qui a rendu des
services éclatants pendant les jours néfastes de la
Commune et a occupé avec distinction le poste de
ministre de la guerre après l'élévation du maréchal
de Mac-Mahon à la présidence. Le père du géné-

16 mars 1874, à quatre mois de prison par le tribunal
correctionnel d'Autun, était porteur d'une chanson d'où
nous extrayons ce couplet :

> *Ledru-Rollin, dont la tête est sévère,*
> *Que tu es beau dans un jour de débats,*
> *Lorsque tu dis à toute l'Assemblée :*
> *La République ! Non, nous ne l'avons pas !*
> *Le drapeau rouge, que tout Français vénère,*
> *C'est le manteau que le Christ a porté.*
> *Rendons hommage au brave Robespierre*
> *Et à Marat, qui le fit respecter.*

ral était d'une taille colossale et doué d'une force herculéenne, M. Mamignard, ancien fournisseur des armées sous Napoléon Ier. Un trio qui était fort remarqué, composé du général comte de La Riboisière, du général Gourgaud et de Mme de la Riboisière, se mêlait rarement aux autres militaires.

Le voisinage du Théâtre-Français attirait au café de Foy les littérateurs et les artistes. Alexandre Dumas père, Léon Laya, l'auteur du *Duc Job*, Louis Lurine, écrivain de grande valeur; Eugène Gauthier, qui a écrit au *Constitutionnel* et dans plusieurs autres journaux des études fort remarquables sur la musique et les musiciens. M. Gauthier est professeur d'histoire de la musique au Conservatoire, maître de chapelle à Sainte-Eugénie. Il a orchestré Mozart au Théâtre-Lyrique et a commis plusieurs pièces fort gaies, nous citerons entre autres le *Docteur Mirobolant*. Le gouvernement français l'a chargé d'une mission en Belgique; il s'agissait de rechercher la musique d'un *Orphée* de Montroude. Mme Dorval, la célèbre actrice, Ligier, des *Français*, Mlle Denain, appartenant au même théâtre. Cette dernière était toujours accompagnée de son père et de sa mère; Bouffé, acteur et directeur des *Variétés*, Levasseur, de l'Opéra, enfin un fantaisiste, le marquis d'Aligre, toujours accompagné de danseuses et de cabotines qu'il promenait dans son équipage. Parmi les clients on remarquait deux chansonniers: Joseph Vimeux et Frédéric Bérat. Ce dernier est l'auteur de la chanson populaire intitulée *Ma Normandie.*

M. Lenoir céda son établissement à son premier
garçon, M. Lemaître. Ce fut l'ex-fournisseur,
M. Mamignard, qui lui avança les deux cent mille
francs nécessaires pour payer son patron. L'ancien garçon, devenu maître à son tour, fit une
fortune de deux millions et se retira des affaires.
Le fils de M. Mamignard épousa Mlle Darcier. Le
café de Foy déclina rapidement; le deuxième successeur de M. Lemaître, ayant fait de mauvaises
affaires, abandonna son fonds à ses créanciers
qui firent vendre le mobilier aux enchères.

La suppression des maisons de jeu installées au
Palais-Royal, la sévérité de la police à l'égard
des femmes qui hantaient le jardin et les galeries
de bois[1] avaient fait le désert dans ce coin si
animé de Paris. Les habitués disparurent, et le
café dut fermer, faute de clients. Jusqu'au dernier
jour la pipe en fut impitoyablement proscrite,
peut-être cette exigence accéléra-t-elle sa déca-
dence, mais enfin il tomba dignement.

M. Lenoir, un des propriétaires du café, mérite une mention spéciale. Il avait remplacé sa
mère, dont la beauté était célèbre au moment de
l'invasion; mais, le métier de limonadier ne lui
plaisant pas, il se retira des affaires, acheta des
œuvres d'art et forma une très-belle collection
qu'il laissa à l'État après sa mort. C'était un
véritable don princier.

Sa veuve, qui lui survécut une dizaine d'an-

1. Remplacées par la galerie d'Orléans.

nées[1], donna aux pauvres sa fortune, évaluée à plusieurs millions. Une partie de cette somme importante doit, suivant le testament, servir à construire un hôpital, et les revenus de ce qui restera disponible seront appliqués à l'entretien de cette œuvre de bienfaisance.

La vente de son mobilier, qui eut lieu au mois de mai 1874, produisit une somme fort importante. Le second fils de Paul Delaroche était le filleul de M. et de Mme Lenoir, qui lui donnèrent 500,000 francs le jour de son mariage.

Ainsi le Palais-Royal a vu disparaître un à un tous les établissements publics où se réunissaient les célébrités du moment. Le café *Lemblin*, dont la clientèle était composée de savants ; le café de la *Montansier*, devenu sous les Bourbons un rendez-vous de bonapartistes ; le café *Corazza*, fréquenté par les jacobins ; celui du *Caveau*, par les girondins ; le café de *Valois*, hanté par les feuillantins.

Au café Corazza ont encore lieu les banquets du *Caveau*, à la Rotonde ou au café d'Orléans vont souvent les hommes de lettres qui fréquentent la librairie Dentu, et rue de Valois, au restaurant du *Bœuf à la mode*, on voit les rédacteurs du *Constitutionnel* et du *Pays* dont les bureaux sont voisins. Quelques provinciaux regardent avec un certain ahurissement M. Paul de Cassa-

---

1. Mme Lenoir est morte très-âgée au commencement de 1874.

gnac et se retirent enchantés de pouvoir donner, lorsqu'ils seront de retour dans leurs départements, des détails authentiques sur la physionomie et les gestes du rédacteur en chef du *Pays*.

LE CAFÉ PROCOPE

ET établissement, qui a joui pendant de longues années d'une grande célébrité, vient de fermer. Le café Procope, où se sont réunis les écrivains illustres des xviie et xviiie siècles, ne sera bientôt plus qu'un souvenir.

Lorsque l'art de l'imprimerie, nouvellement inventé et appliqué d'abord à la multiplication des textes sacrés, eut enfin largement répandu les textes antiques, les chroniques, les cosmographies et les astrologies, une sorte de fraternité fut créée entre les gens de l'art nouveau, savants et imprimeurs. Les hommes de lettres (nous pouvons déjà leur donner ce nom) ne tardèrent point à se connaître, à se réunir dans des lieux publics où ils pouvaient causer tout à leur aise sur tous les sujets que leur suggérait leur active imagination. L'imagination fut toujours leur faculté maîtresse. En se réunissant au cabaret, ils ne faisaient d'ailleurs que suivre la tradition des vieux poëtes. Villon, *bon*

folastre, hantait la taverne, et s'il fit une ballade contre les taverniers, ce fut contre les taverniers *qui brouillent nostre vin.*

Au reste, nous ne voulons pas remonter plus haut que le XVIIe siècle. En ce siècle qui ne fut pas toujours solennel, les écrivains les plus illustres avaient les mêmes habitudes que Saint-Amand, qu'on voyait, selon le vers pittoresque de Boileau,

Charbonner de ses vers les murs d'un cabaret.

Ils se donnaient rendez-vous rue de la Juiverie, au cabaret de la *Pomme de Pin.* Dans cette rue située tout près de Notre-Dame était l'église paroissiale de Sainte-Magdeleine qui, bâtie par les Juifs pour les cérémonies de leur culte, avait été en 1183, après leur expulsion, transformée en temple catholique. Sous le règne de Louis XIV on agrandit l'ancienne synagogue, les paroisses de Sainte-Geneviève-des-Ardents, de Saint-Christophe, de Saint-Leu et Saint-Gilles furent supprimées et réunies à Sainte-Magdeleine. Les hommes de lettres professaient-ils pour cette sainte un culte particulier ou étaient-ils attirés à la *Pomme de Pin* par la qualité des consommations? C'est un détail qu'ils ont négligé de nous donner.

Le *Mouton blanc,* sur la place du cimetière Saint-Jean, était fort bien fréquenté; c'est là que s'assemblaient Molière, Boileau et Racine et quelques gens de cour. Car ces trois poëtes étaient du parti de la cour et fort goûtés de Louis XIV

qui, on le voit, ne choisissait pas mal ses amis.
C'est au *Mouton blanc* que Racine avec Furetière
raillait cruellement la perruque de Chapelain. C'est
du *Mouton blanc* que sortirent les *Plaideurs*.

Au xviii° siècle un cabaretier nommé Landelle
ouvrit un établissement au carrefour Buci et
compta parmi ses clients Crébillon, Gresset et
beaucoup d'autres littérateurs. Dans la rue de
Buci se trouvait le *Théâtre-Illustre*, où débuta
Molière. A quelques pas, dans la rue des Fossés-
Saint-Germain-des-Prés, devenue rue de la Comé-
die[1], lorsqu'en 1688 les comédiens français vinrent s'y établir, le café Procope eut bientôt une
célébrité européenne.

Ce fut dans cet établissement que les Parisiens
prirent pour la première fois des glaces, aussi se
passionnèrent-ils pour ce genre de rafraîchisse-
ments. Pendant tout le xviii° siècle la vogue du
café Procope se maintint. Il eut pour clients les
écrivains les plus célèbres. Piron, Destouches,
d'Alembert, Voltaire, Crébillon et une multitude
d'autres littérateurs avaient fait de ce café une
succursale de l'Académie. Sous la Révolution on songeait à tout autre chose qu'à la littérature, le café
Procope fut abandonné. Puis, lorsque des temps
plus calmes revinrent, sa vogue reparut. Sous le
second Empire, Vermorel, Gambetta y jetèrent
leurs plans de réformes sociales.

M. Babinet avait sa place au rez-de-chaussée.
M. Pingard, le chef actuel du secrétariat à l'In-

---

1. Aujourd'hui rue de l'Ancienne-Comédie.

stitut, y a fait pendant de longues années sa partie
de dominos.

Depuis 1819, il a vu entrer à l'Institut tous les
membres des cinq académies. Il a donné des conseils aux récipiendaires de l'Académie française,
et, quand un nouvel immortel doit être reçu,
M. Pingard le place dans la salle, à l'endroit qu'il
occupera le jour de la cérémonie, et le fait regarder vers le pilier du sud-ouest. La voix s'arrête
sur cette masse de pierre, remonte et retombe sur
le public. C'est l'abbé Maury, devenu cardinal et
archevêque de Paris, qui a découvert ce moyen
d'être entendu de son auditoire. Doué d'une fort
belle voix, il était désolé des mauvaises qualités
d'acoustique de la salle des réceptions acadé-
miques. Les sons se perdaient dans les tribunes,
et c'est à peine si les auditeurs placés à quelques
pas percevaient quelques lambeaux de phrases.
L'abbé essaya son organe, d'abord il n'entendit
que des sons criards, des éclats bizarres, puis tout
en tournant lentement sur lui-même, les mots qu'il
prononçait devinrent tout à coup d'une netteté
admirable. Sa voix harmonieuse, bien timbrée, em-
plissait la coupole, s'enfonçait dans les tribunes.
Il avait trouvé ce qu'il cherchait, aussi son succès
fut-il grand le jour de sa réception.

Depuis cette époque, c'est M. Pingard, à qui
l'abbé raconta le fait, qui instruit les académi-
ciens de la découverte du célèbre cardinal.

Sur les murs du salon du rez-de-chaussée du
café Procope, sont peints les portraits de Voltaire,
de d'Alembert, de Piron, de Jean-Jacques Rousseau,

de Mirabeau. On montre encore la table devant laquelle s'asseyait l'ami du roi de Prusse.

M. Étienne Charavay, le savant paléographe, fondateur de la *Revue des documents historiques;* M. Anatole France, l'auteur des *Poëmes dorés,* ont fréquenté le *Procope.* Un de ses clients les plus bizarres a été M. Montferrand, géologue distingué, voyageur par goût. Il s'occupe de relever toutes les bourdes qu'il trouve dans les journaux. Sa collection est déjà considérable, et si jamais elle est publiée, elle aura un succès de curiosité.

LE CAFÉ DE LA RENAISSANCE

 ET établissement a eu un instant de célébrité : son nom a été cité à la sixième chambre ; les maîtres de Paris sous la Commune y ont tenu leurs assises et préparé le plan de campagne sinistre qui devait finir par l'incendie et par le meurtre.

Dans les premiers mois de l'année 1866, Tridon, Raoul Rigault, les frères Levraud, Dacosta, A. Verlière, Longuet, Genton, Protot, Largillière[1], Landowski et plusieurs de leurs amis poli-

---

1. Largillière était menuisier. Après avoir fait ses trois mois à Sainte-Pélagie, il reprit sa profession, renonça à la politique et alla avec sa femme rester à Belleville où il tenait en même temps un garni. Ses anciens amis le considérèrent comme un traître, et, sous la Commune, voyant qu'il refusait de se mêler au mouvement, il fut arrêté et ensuite fusillé par ordre des bandits dont il n'avait pas voulu se rendre le complice.

tiques, surveillés par la police, se laissèrent sur-
prendre un soir qu'ils causaient de l'avenir de
la France ; le tribunal les condamna à des peines
variant de trois à quinze mois de prison et fit
fermer le café. Le commissaire de police Clément,
chargé de leur arrestation, les surveillait depuis
longtemps. Il était prévenu qu'ils avaient une réunion à la Renaissance ; lorsqu'ils furent tous
assemblés dans la même salle, dont un garçon
limonadier défendait l'entrée, M. Clément entra
brusquement, plaça sur l'escalier quelques-uns de
ses hommes, et, montant rapidement à l'entre-sol,
où se trouvaient ceux qu'il cherchait, il les prit
comme dans un filet. Au premier moment, la
stupeur fut grande lorsqu'on apprit l'entrée de
la police : quelques individus parvinrent à se
sauver; le reste alla passer la nuit à la préfecture.

Ces arrestations firent jeter les hauts cris aux
journaux dits *libéraux*, qui blâmèrent l'Empire
sur ses façons d'agir, et déclarèrent que les gens
mis aussi brusquement sous les verrous n'étaient
pas dangereux, qu'ils ne conspiraient point et
qu'aucune loi ne les empêchait de se réunir dans
un établissement public pour causer ou jouer.
M. Gustave Chaudey s'intéressa beaucoup aux
jeunes gens ainsi poursuivis, disant bien haut
qu'ils étaient incapables de faire le moindre mal;
il ne songeait point alors que ses protégés le
feraient fusiller cinq ans plus tard !

Le café de la Renaissance, situé en face de la
fontaine Saint-Michel, avait une physionomie spé-

ciale à l'heure de l'absinthe et le soir. Des étu-
diants débraillés, les cheveux en désordre, entraient,
montaient au premier étage, se formaient par
groupes, parlaient politique ou engageaient une
partie de billard. On allumait les longues pipes
savamment culottées, et, à travers un nuage de
fumée, on entendait, en même temps que les voix
des discoureurs, le bruit des billes d'ivoire s'entre-
choquant sur le tapis vert.

Des *étudiantes* étaient mêlées aux hommes. Ces
filles des rues aux costumes extravagants fumaient
des cigarettes et s'occupaient de politique.

M. Fernand Papillon, qui n'était pas encore le
savant collaborateur de la *Revue des Deux Mondes*,
fréquentait le café de la Renaissance, mais il tra-
vaillait sérieusement, rédigeant des articles pour le
fameux dictionnaire de M. Larousse et écoutant
sans les prendre au sérieux les divagations poli-
tico-économiques de Rigault et de ses amis [1].

1. Au mois de mars 1873 avait paru le commencement
de notre étude sur les *Cafés politiques,* à ce propos M. Papillon nous adressa la lettre suivante :

« Mille remercîments, cher monsieur Lepage, pour
les quelques lignes bienveillantes que vous m'avez consa-
crées dans la *Revue de France.* J'ai toujours peur de voir,
dans les récits de ces préliminaires de la Commune, mon
nom associé ou seulement assimilé à ceux des gredins
avec qui le hasard m'a fait vivre pendant trop longtemps,
et vous suis infiniment reconnaissant de m'en avoir distingué.

« Votre, etc. »

M. Fernand Papillon est mort au commencement de l'année 1874. Il avait presque atteint la célébrité à l'âge où l'on commence à être connu seulement d'un petit nombre d'hommes spéciaux. Ses mémoires, lus à l'Académie des sciences, avaient été remarqués, ses études sur quelques savants allemands publiées dans la *Revue des Deux Mondes* avaient obtenu auprès des lecteurs de ce recueil un légitime succès. Ces différents travaux ont été réunis en volumes sous les titres de : *La Nature et la Vie*, l'un de ces volumes n'a même paru qu'après la mort du jeune et laborieux savant.

Une société moins bruyante se réunissait au rez-de-chaussée de l'établissement : on y remarquait M. Gustave Huriot, rédacteur du *Courrier français*, M. Lariche, savant répétiteur de droit, auteur d'un ouvrage sur les *Pandectes*, mort fou, M. Decrosse, nommé magistrat sous le ministère Ollivier. Quelquefois Landowski et son frère Landeck se mêlaient à ces jeunes gens, qu'ils considéraient pourtant comme des républicains trop tièdes.

En 1872, nous trouvant à Lyon, nous écoutions la musique militaire sur la place Bellecour, lorsqu'un garçon de café, s'approchant respectueusement, prononça notre nom. Nous reconnûmes aussitôt le patron du café de la Renaissance. Le malheureux nous raconta ses infortunes et termina son récit en disant que les hauts dignitaires de la Commune étaient là cause de sa ruine. Il avait eu l'imprudence de leur faire crédit, et lorsqu'ils eurent accaparé le pouvoir le souci de payer leurs dettes ne les empêcha pas de dormir, et, si l'imprudent limonadier avait réclamé, il est probable qu'il eût été immédiatement mis sous les verrous.

LE CAFÉ DE BUCI

u temps où les étudiants et les artistes n'avaient pas encore déserté le quartier Latin pour la rive droite, tout près du café Procope, dans la rue de Buci, s'ouvrit un établissement qui eut également ses clients célèbres. Ils s'y réunissaient en sociétés plus ou moins nombreuses ; les partis politiques et les opinions scientifiques y avaient leurs représentants ; tous les soirs on se querellait sur la meilleure forme de gouvernement à donner à la France, la valeur de telle théorie écrite par un savant professeur, la qualité d'un tableau ou d'un livre. Inutile de dire que les impuissants formaient la majorité de ces réunions, et qu'ils ne se gênaient pas pour critiquer amèrement ceux de leurs camarades qui faisaient leur chemin dans les lettres ou dans les arts.

Heureusement, ils n'étaient pas seuls. Jusqu'à la veille de sa mort, M. V. de Mars, secrétaire de la rédaction de la *Revue des Deux Mondes*,

est allé au café de Buci où il prenait toujours de
la bière. Ceux qui avaient envoyé des articles à
la *Revue* venaient lui faire leur cour, et ils étaient
nombreux. M. Gustave Planche, le savant critique, y écrivait la plupart de ses articles en dé-
jeunant modestement d'une tasse de café à la
crème. M. Malapert, avocat républicain, était un
des vieux habitués de l'établissement. Après le
coup d'État de 1851, menacé d'arrestation, il se
cacha dans l'appartement du propriétaire du café.
Sa peur était telle, que, lorsqu'on voulut le faire
sortir de sa cachette, il fut longtemps à comprendre que ceux qui l'appelaient n'étaient pas des
ennemis. Plus tard, sur sa demande, il obtint du
gouvernement de Napoléon l'assurance qu'il ne
serait pas inquiété. Ses amis se montrèrent fort
mécontents de cette soumission.

Théodore de Banville, l'auteur des *Odes funam-
bulesques*, M. Dumas, le savant médecin devenu
par la suite inspecteur des eaux de Vichy, M. De-
paul, élu membre de l'Académie de médecine, et
que les habitants du quartier ont envoyé siéger
au Luxembourg, ont fréquenté le café. Nous citerons encore M. Glachant, qui a épousé une fille
de M. Duruy; M. Harpignies, le peintre dont le
talent est connu de tous ceux qui s'occupent
d'art; M. Hamon, peintre également, qui avait
quitté la France pour l'Italie, et est mort loin de
Paris à l'âge de cinquante-trois ans; M. Georges
Bell, qui s'est fait un nom dans les lettres.

M. Baltard, architecte, membre de l'Académie
des beaux-arts, que le plan des Halles centrales

a rendu justement célèbre. Il portait toute sa
barbe, à laquelle il tenait beaucoup, cependant
on a raconté qu'il la sacrifia pour une simple
question d'amour-propre. Le *Figaro* a raconté ce
fait et nous citons son récit :

« En ce temps-là, M. Baltard portait toute sa
barbe — une barbe magnifique, dont il était fier
et qu'il soignait avec amour. La reine d'Angleterre vint à Paris et la ville lui donna des fêtes
superbes comme on en donne sous les *tyrans!*
Dans le programme des réjouissances, figurait un
bal à l'Hôtel de ville qui nécessita des travaux,
des ornementations et des aménagements spéciaux
dont M. Baltard fut chargé. Son travail fini, l'illustre
architecte alla trouver M. le baron Haussmann :

« — M. le préfet, lui dit-il, je vais vous deman-
« der une faveur.

« — Laquelle?

« — Présentez-moi à la reine d'Angleterre lors-
« qu'elle viendra au bal demain soir.

« — J'y consens... mais vous savez, mon cher
« architecte, la barbe est mal vue des Anglais, qui
« n'admettent que les favoris... Par conséquent je
« vous conseille de vous raser... Votre présenta-
« tion est à ce prix. »

« M. Baltard s'engagea avec un soupir à jeter
bas sa toison magnifique, et il le fit non sans s'y
reprendre à deux fois et non sans gémir sur la
rigueur du sacrifice.

« Le soir du bal arrive. M. Baltard, le visage im-
berbe, prend place à côté du préfet. La reine arrive,
les présentations ont lieu, et M. Haussmann,

après les avoir terminées, regarde avec étonnement
un individu qui lui fait des gestes désespérés.

« — Qu'avez-vous donc, monsieur, lui dit-il, et
« qui êtes-vous ?

« — Qui je suis?... mais vous me reconnaissez
« bien; je suis Baltard et vous m'avez promis de
« me présenter à la reine d'Angleterre.

« — Ma foi, mon cher, s'écria le baron en riant,
« l'absence de votre barbe vous change tellement,
« que je ne vous ai pas reconnu... »

« Et voilà comment M. Baltard coupa pour
rien sa barbe chérie, cette barbe à laquelle il
tenait tant ! »

Jules Vallès commença à développer au café
de Buci ses idées sur Homère et Molière. Delescluze, moins prolixe, lisait toujours, excepté
quand il était avec M. Ranc. M. Melvil-Blon-
court, un créole, que les habitants de la Marti-
nique, ses concitoyens, ont nommé député à l'Assemblée en 1871, n'avait pas alors une ambition
bien grande. Il écrivait dans les petits journaux,
et, lorsqu'on lui demandait ce qu'il faisait, il
répondait invariablement :

« *Ze fais de la p'tit' littéatu.* »

Cette phrase plaisait énormément et on ne se
gênait pas pour la lui faire répéter souvent. Il est
probable qu'une fois député, il a abandonné la
p'tit' littéatu pour se livrer à la grande politique. Mais en dépouillant les dossiers de la Commune, on mit la main sur celui de M. Melvil, qui
jugea à propos de gagner la frontière. Le conseil
de guerre le condamna à mort.

M. Émile Laurent, bibliothécaire au Corps
législatif, arrivait tous les soirs à heure fixe. Il a
pris comme littérateur le nom de Colombey, village de la Meurthe où il est né. Avec M. Laurent
on voyait assez souvent M. Romey, auteur d'une
Histoire d'Espagne qui n'a jamais été terminée.
M. Romey a été un des collaborateurs de M. Larousse, il a rédigé les articles sur l'Espagne et
cité son livre comme une œuvre de grand mérite.
C'est d'un bon père. M. Charles Furne, l'éditeur
aussi connu par sa belle traduction de *Don Qui-
chotte* que par la valeur des ouvrages qu'il
publiait, fréquentait le café de Buci. Il y allait en
compagnie de M. Bourdin, l'ami de Jules Janin,
qui a édité le *Mémorial de Sainte-Hélène* et un
grand nombre de beaux livres illustrés, et de
M. Lemercier, l'habile imprimeur lithographe.

M. Bermudez de Castro, un Espagnol qui est
devenu Français, étonnait par sa mémoire prodi-
gieuse. Il citait des pièces de vers de Lamartine
ou d'Hugo, des fragments des ouvrages des écrivains célèbres. Son frère, le duc de Ripalda, a
été plusieurs fois ministre en Espagne, sous le
règne d'Isabelle. En arrivant au pouvoir, il en-
voyait M. Bermudez comme consul ou consul
général dans une partie du monde quelconque,
et, grâce à sa qualité de polyglotte, le fonction-
naire n'était jamais embarrassé. Seulement, l'en-
nui le prenait, il avait la nostalgie de Paris; alors
il donnait sa démission et revenait s'installer au
quartier Latin.

Un savant orientaliste, M. Jules Oppert, dont

les travaux sur les langues sémitiques sont uni-
versellement connus, a été longtemps un des habitués du café. M. Champfleury, M. Wilfrid de
Fonvielle y ont fait souvent acte de présence, de
même que M. Élie Sorin, l'auteur d'une histoire
de la première République, une des rares œuvres
impartiales sur cette époque sorties de la plume
d'un républicain.

Le célèbre voyageur Guillaume Lejean a fréquenté le café de Buci jusqu'au jour où il fut
atteint de la maladie qui devait l'emporter. Il
avait une table sur laquelle il entassait ses papiers
et ses notes. En écrivant ses articles, en corri-
geant ses épreuves du *Tour du Monde*, il causait, écoutait, et ne manifestait jamais d'impa-
tience. C'était le véritable caractère du Breton,
tenace dans ses projets, bon dans ses relations.
Après avoir été prisonnier de Théodoros, après
avoir visité à différentes reprises la Turquie, la
haute Asie, l'Égypte, l'Afrique septentrionale, il
revint mourir dans sa Bretagne qu'il aimait avec
tant de passion.

Un érudit d'un autre genre, M. Joannis Gui-
guard, y causait du moyen âge. Il connaissait les
châteaux, les blasons, l'histoire des grandes
familles. Les masses sombres des anciens castels,
leurs immenses salles voûtées ornées de peintures
qui dénotent l'enfance de l'art; les armures, les
gravures, les vieux livres ornés de brillantes
enluminures plaisaient à son esprit. Il faisait dans
sa conversation ou avec sa plume revivre ce
monde écroulé.

Il y avait M. Cayla, rédacteur du *Siècle*;
Fouque, jeune littérateur de grand talent, mort
trop tôt ; Henry Mürger, qui adorait le quartier
Latin ; Alfred Delvau.

M. Marius Topin, neveu de M. Mignet, fumait
tranquillement son cigare en lisant les journaux.
Ses livres ont une réputation méritée. *Le Cardinal de Retz, le Masque de Fer, la France et les
Bourbons sous Louis XIV*, sont des œuvres remarquables qui ont valu à leur auteur des récom-
penses de l'Académie[1]. M. Julia Pingard, chef
du secrétariat à l'Institut, préférait au cigare une
superbe pipe en écume de mer, qu'il culottait avec
amour. Mais les *immortels* ne le voyaient pas.

M. le docteur Bezançon, un des habitués du
café, avait réuni tous les originaux des affiches
innombrables qui, au lendemain de la révolution
de 1848, couvrirent les murs ou les palissades qui
entouraient les chantiers ou les terrains vagues.
Il classa et relia lui-même cette curieuse et intéres-
sante collection. Après les incendies de la Commune, quand la bibliothèque de l'Hôtel de ville eut,
avec tant d'autres richesses artistiques, disparu dans
les flammes, on la reconstitua à l'hôtel Carnavalet.
M. Jules Cousin, nommé directeur d'une bibliothèque à peu près sans livres, fut bientôt à la
tête d'un fonds sérieux. La ville vota quelque

---

1. M. Topin a succédé à M. Robert Mitchell comme
rédacteur en chef du journal *la Presse*, acheté par
M. Hubert Debrousse.

argent pour des acquisitions, des donataires géné-
reux envoyèrent des livres, des plans, des gravures se rapportant à l'histoire de Paris. M. Bezançon offrit ses affiches. Quand M. Cousin se
fut rendu compte par lui-même de l'importance
du cadeau, il voulut aussitôt procéder à son
enlèvement. Plusieurs tapissières furent chargées
des précieuses affiches et le savant directeur de la
bibliothèque de la ville de Paris eut la satisfaction
d'avoir dans ses cartons des affiches d'une grande
importance pour ceux qui s'occupent de l'histoire
de nos trop nombreuses révolutions.

Presque tous les journaux, l'*Officiel* en tête,
s'occupèrent de M. Bezançon, rendant justice à sa
patience d'amateur et à sa générosité.

Les habitués du Procope ont fait du café de
Buci leur lieu de réunion depuis la fermeture de
ce vieil établissement. M. Ruolz, l'inventeur du
procédé qui porte son nom ; M. Fort, un peintre
qui a la spécialité de portraiturer les soldats à pied
ou à cheval, ont leurs tables. Sa préférence pour
les militaires a donné à M. Fort une apparence
belliqueuse, il ne travaille que chaussé de bottes
fortes. M. Tellier, graveur et dessinateur.

M. Valéry Vernier, écrivain délicat, va au café
de Buci, et quelquefois aussi on y voit M. Alphonse
Laffite, un des joyeux rédacteurs du *Tam-Tam*
et employé sérieux au ministère de l'intérieur.

Un type singulier était un perruquier du quartier, politiqueur enragé et ami intime de Jules
Miot. En 1848, après les affaires de juin, il se
cacha dans un tas de charbon de terre quoiqu'il

3

ne se fût pas battu, mais il avait peur. Le charbonnier le trouvant dans sa marchandise voulut
exiger une indemnité, prétendant qu'il avait dété-
rioré sa houille. Sous l'Empire il rasait démocra-
tiquement. Après le 4 septembre il eut des vellé-
tés de se mêler à ceux qui prétendaient sauver le
pays, mais on ne le trouva pas d'assez bonne
compagnie et il dut attendre des temps meilleurs.
Pendant la Commune ce coiffeur se tint prudem-
ment dans l'ombre, sa bravoure n'étant pas en
rapport avec son ambition. A la politique ce
marchand de tignasses joint la manie de faire des
vers. Ayant été à la veille de marier sa fille, il
envoya à ses clients la lettre de faire-part en tête
de laquelle était le quatrain suivant :

> Il n'est de célibat que dans la vie austère,
> Si le monde se fit par la loi du mystère
> Dieu permit de s'unir, et le premier langage
> Fut celui de s'aimer pour bénir son ouvrage !

A la suite de ces vers venait l'humble prose,
entourée de dessins emblématiques. Le gendre
futur, ahuri sans doute de voir son beau-père se
livrer à ces incartades, renonça au mariage et
tous ceux qui avaient reçu la première lettre en
virent arriver une seconde annonçant la rupture.
Nous la citons également :

> Si l'hymen est la loi de la sécurité,
> La noble sympathie en fut l'anxiété,
> Un cœur ne battant pas !... celui de l'innocence

Du bonheur conjugal, s'éloignant l'espérance
Il retourne en entier à la Paternité !

Ce merlan-poëte a eu un moment l'idée de se
porter à la députation. Il a renoncé à son
projet, peut-être a-t-il eu tort. Il aurait très-bien
défendu la démagogie à côté de MM. Tolain,
Marcou, Barodet et autres espiègles qui repré-
sentent si bien les démocrates avancés.

LA BRASSERIE SAINT-SÉVERIN

 peu de distance du café de la Renaissance, dans la rue Saint-Séverin, se trouve la brasserie de ce nom. Établissement modeste et sans prétention à la célébrité ; la clientèle des hommes de la Commune lui valut en peu de jours une certaine renommée. Les anciens habitués du café Louis XIII, les politiques profonds de la brasserie Andler et du restaurant Laveur, devenus de hauts fonctionnaires sous le gouvernement du Comité de salut public, se rendirent à la brasserie Saint-Séverin pour boire de nombreux bocks, rédiger leurs proclamations insensées, préparer des arrestations, ordonner les marches des milices communales contre les Versaillais. Tous, ils étaient en bottes à l'écuyère, couverts de galons, armés de sabres et de revolvers. Tridon cependant n'eut jamais de goût pour l'uniforme. Du reste, il était contrefait, maladif, d'une laideur remarquable. Bon, quand il n'était pas surexcité par

la politique ou la boisson; — nous ne voulons
point dire par là qu'il avait l'habitude de se gri-
ser; il était au contraire très-sobre, mais un verre
de bon vin pur lui faisait perdre la tête; — lorsqu'il parlait politique, il s'animait tellement que
souvent, tenant un couteau dans la main, il en
menaçait ses interlocuteurs. Les frères Levraud,
l'un médecin de l'ex-préfecture de police, l'autre
chef de la première division à cette même ex-préfecture; Genton, homme violent et sachant à peine
lire et écrire, nommé magistrat par la Commune,
fréquentaient également la brasserie. Au-dessus
d'eux planait Raoul Rigault, qui assistait souvent
à ces réunions.

Le ministre procureur général de la Commune
arrivait à cheval, faisait caracoler sa monture sur
le boulevard Saint-Michel, et, derrière un double
lorgnon, regardait effrontément les femmes. Toute
la bande des individus employés alors à la préfecture suivait Rigault et lui formait une cour
brillante et distinguée comme on peut se l'ima-
giner.

Quant à la brasserie Andler, rue Hautefeuille,
elle avait pour client principal le peintre Courbet;
elle eut dans un temps une réputation assurément
méritée. Le célèbre déboulonneur allait manger
au restaurant Laveur, rue des Poitevins. Son ami
Chaudey l'accompagnait souvent; on parlait de
peinture républicaine et de réformes sociales.

CAFÉ DE LA RUE J -J.-ROUSSEAU

 ue Jean-Jacques-Rousseau, près de l'hôtel de la Poste, au fond d'une cour, existait, vers la fin du règne de Louis-Philippe, un petit estaminet qui était le rendez-vous des révolutionnaires de cette époque.

On y voyait Caussidière, Lagrange, Martin Bernard, Louis Blanc et beaucoup d'autres qui préparaient dans cet établissement la chute de la branche cadette, et par conséquent s'apprêtaient à prendre sa succession en installant la République. Car en France, comme dans tous les pays sujets aux révolutions, il n'y a jamais de changé que les hommes et les étiquettes; quand ils sont au pouvoir, les radicaux deviennent conservateurs.

Lorsque éclata le mouvement de février 1848, qui devait aboutir à la chute d'une dynastie, personne, parmi les républicains, ne crut d'abord à la victoire. Les prudents du parti voulaient faire de l'agitation, mais ils recommandaient d'éviter les luttes avec la troupe. M. Louis Blanc était au café de la rue Jean-Jacques-Rousseau, recueillant tous les bruits, recommandant la prudence à tous ses amis, lorsqu'on vint lui annoncer qu'on se battait. Il manifesta le plus profond désespoir, et ce tribun mieux doué pour la parole que pour l'action se mit à débiter de longues tirades accompagnées de gestes emphatiques. « Cette imprudence perd les républicains! s'écria-t-il; nous n'avons plus qu'à nous couvrir la tête de cendres! »

Sa douleur ne se calma que lorsqu'il sut que Louis-Philippe était parti. Alors, au lieu de se mettre des cendres sur les cheveux, il monta en imagination au Capitole, fonda la République, qui devait aboutir aux journées de Juin après avoir passé par le 15 mai.

M. Louis Blanc ne se souvient plus sans doute du petit café transformé en club et des sensations qu'il y éprouva le 23 février 1848.

L'auteur de la chanson que nous avons citée à propos de M. Ledru-Rollin ignorait probablement ces détails, car dans un accès de lyrisme il s'écrie :

> O frère Louis Blanc! homme de grand génie,
> Toi qu'on a vu, aux jours de Février,
> Aux barricades sacrifier ta vie,
> Fraternisant avec les ouvriers.
> Au quinze mai, on te revit encore
> Avec Barbès, toujours en combattant,
> Pour déplacer ces hommes qu'on abhorre,
> Ton drapeau rouge était au premier rang!

LE CAFÉ DE MULHOUSE

NTRE les cafés de Madrid et des Princes, au fond d'une cour, avec une entrée donnant sur le passage Jouffroy, orné d'un petit jardin où, à l'ombre de quelques arbres maigres, s'épanouissent des tables de bois, le café de Mulhouse, connu seulement des habitués, offre un refuge assuré à ceux qui redoutent les regards indiscrets des promeneurs. Là le fâcheux ne va point ennuyer de ses banalités le consommateur pacifique. Les femmes ne fréquentent pas le café de Mulhouse, parce qu'il n'est point assez en vue. Le public est composé principalement d'écrivains et de boursiers qui ont amené à leur suite des cordonniers de lettres, des tailleurs aimant les arts, des marchands de vin à l'âme pleine de poésie, et toute une tribu de quémandeurs de places de théâtres.

Le domino est en grand honneur au café de Mulhouse ; on médite les coups, on les explique,

et quelquefois, à propos d'un dé mal posé, s'en-
gagent des querelles pacifiques où celui qui a mal
joué est traité comme il le mérite.

Les journalistes qui fréquentaient le café avant
le 4 septembre étaient ce qu'on est convenu d'ap-
peler des réactionnaires, par opposition à leurs
confrères dits *avancés*, réactionnaires sans doute
parce qu'ils ne veulent pas profiter d'un boule-
versement politique pour prendre les places lucratives, se faire nommer préfets, généraux, ambassa-
deurs, ministres ; parce qu'ils éprouveraient quelque scrupule à s'improviser fondeurs de canons,
ou à porter le blanchissage des jupons de leur ser-
vante au compte de la *préfecture*.

Sous l'Empire, le café de Mulhouse avait pour
habitué Aurélien Scholl, dont le lorgnon indiscret
était toujours fixé sur une physionomie quelconque. Scholl ne manquait jamais l'occasion de
placer un bon mot, quelque féroce qu'il fût, et
n'épargnait personne.

Ses phrases à l'emporte-pièce arrivaient toujours à propos, et jamais il ne les préparait
d'avance. Quelques-unes sont devenues célèbres.
Ainsi, une après-midi, par un soleil splendide,
suivant le trottoir de la rue de Richelieu, Scholl
rencontra un *sang impur* tellement gris, que la
chaussée n'était pas assez large pour les zigzags
qu'il dessinait. Après une lutte suprême, ses forces
l'abandonnèrent, il perdit l'équilibre et tomba la
figure sur une bouche d'égout où s'engouffrait le
ruisseau. Scholl se penche vers l'ivrogne, et lui
demande de sa voix goguenarde :

« Vous rentrez déjà ? »

Inutile de répéter la réponse qui lui fut faite.

Flor O'Squar, alors rédacteur des échos du *Figaro*, se livrait aux jeux de mots les plus insensés. Nazet, le gendre de Flor, allait assez régulièrement au café de Mulhouse, Georges Maillard a fait longtemps sa partie de domino avec M. Grenier, ancien rédacteur en chef de la *Situation*, journal fondé pour défendre le roi de Hanovre et les autres princes allemands détrônés par la Prusse en 1866. Émile Hémery, rédacteur du *Peuple français*, ne manquait jamais. Il se montrait très-fier d'une superbe montre d'or qui lui a été donnée par Napoléon III; cette montre a sa légende fort curieuse.

Poëte à ses heures — une de ses chansons, *le Chapeau de la Marguerite*, a été chantée partout — M. Hémery avait fait une pièce de vers adressée au prince impérial. Cette poésie fut mise en musique par M. Armand Gouzien, puis le tout, précieusement enveloppé, fut porté aux Tuileries,

l'adresse du fils de Napoléon. Naturellement les auteurs avaient mis une dédicace collective à leur œuvre.

M. Conti, secrétaire de l'empereur, les remercia au nom de son maître et une belle montre portant sur la cuvette ces mots : OFFERT PAR NAPOLÉON III A M. HÉMERY, parvint à ce dernier. On oublia le musicien. On s'adressa à M. Conti pour obtenir une autre montre, mais toutes les démarches échouèrent et rien ne vint du palais à l'adresse de M. Gouzien, qui fut froissé avec raison du

procédé. Ses notes valaient bien les paroles.
A partir de ce moment il tourna les talons à
l'Empire et devint républicain. M. A. Charpen-
tier, qui devait plus tard, sous la Commune,
organiser une conspiration qui inspira aux
hommes de l'Hôtel de ville une inquiétude de tous
les instants, suivait avec calme toutes les parties;
Camille Étiévant, rédacteur de la *Petite Presse*,
était un des fidèles du domino; Maisonneufve, du
même journal, expliquait chaque coup. Paul Sau-
nière songeait aux combinaisons les plus savantes,
afin de tromper ses adversaires. Parade, du Vaudeville; Édouard Georges, M. Pruth, de la *Timbale d'argent;* Charles Joliet, manquaient bien
rarement. Ce dernier était à la *Liberté* au moment
de la déclaration de guerre, et se livrait dans ce
journal aux personnalités les plus vives contre les
chefs allemands. Enfin, un jour, après une série
d'invectives à l'adresse du roi de Prusse, l'article
se terminait ainsi :

« Et maintenant, roi Guillaume, à nous deux!
au couteau! »

Deux jours avant l'investissement, Joliet quitta
Paris ; sa santé ne lui eût point permis de sup-
porter les fatigues du siége. Il se rendit à la
Rochelle en compagnie du Valaque Ganesco
et fit partie du corps d'armée placé sous les ordres
de M. Détroyat. Quand il rentra à Paris, il
retourna au café de Mulhouse ; mais il fut reçu
par une telle bordée de plaisanteries qu'il partit et
depuis ne mit plus les pieds dans l'établissement.
Flor O'Squar prétendit et prétend encore que Jo-

lict était allé chercher le fameux couteau qui devait arrêter le roi Guillaume dans sa marche.

Cependant dans cette aventure il n'y avait pas
de quoi se fâcher. Le rédacteur de la *Liberté* emporté par la passion patriotique s'était cru un sol-
dat et avait parlé ou écrit en conséquence. Lequel
d'entre ses confrères n'en a pas fait à peu près
autant?

Puisque le nom de M. Ganesco est venu sous
notre plume, nous citerons de lui une anecdote
peu connue et qu'il n'a jamais racontée.

On sait que ce Valaque avait proposé à l'Empire son concours et que M. de Persigny, irrité
de ses basses instances et de ses plates adulations,
le fit empoigner par la police, jeter à Mazas et de
là à la frontière. M. Ganesco rentra en France, fit
des courbettes à tous les hommes en place ;
M. Rouher le prit sous sa protection et le fit natu-
raliser Français. Le Valaque, ayant acheté un
domaine à Montmorency, voulut être conseiller
général. Il se mit bien avec les paysans, donna
des fêtes auxquelles il invita quelques journalistes
qui y allaient pour s'amuser et entendre M. Ganesco débiter ses discours et le voir flatter les
habitants de Montmorency. Un soir il y eut promenade aux flambeaux, puis l'amphitryon monta
sur une table et commença ainsi son discours :

« Messious,

« Vous coyez peut-être que c'est ouné incounu
qui vous parle. Rassourez-vous. Z'ai amouné ici

des hommes qui savent ce que zo souis, une des
plous distingués poublicistes de Paris, monsou
Roubert Mitchell, moun ami, que ze vous présente... » L'orateur, se baissant de la table où
il était perché, allonge la main, saisit un paletot
et fait monter son propriétaire à son côté. Ce ne
fut dans la foule .qu'un immense éclat de rire ;
M. Ganesco, qui savait M. Mitchell près de lui,
ne s'était pas retourné et avait empoigné son
domestique couvert de sa livrée. Quant à M. Mitchell, ayant entendu le commencement du discours,.
il s'était douté de ce qui arriverait, et, ne voulant
point servir de réclame à Ganesco, il avait disparu.

Il y a peu de temps encore, M. Ganesco occupait un poste élevé à la présidence, comme correspondant de la *Nouvelle Presse libre*, de Vienne,
journal officieux de M. Thiers, et inspirateur
politique de l'*Événement*.

Mais revenons au café de Mulhouse. M. Armand Sylvestre, Ludovic Hans, de l'*Opinion nationale*, étaient et sont restés des habitués, ainsi que
les docteurs Moura et Bonnières, Arthur Pougin,
le savant critique musical du *Soir*.

Des artistes connus, MM. Feyen-Lemis, de Gro-
seilliez, Eugène Feyen, Moïse, Lapostolet, Mo-
rillon, Jundt, peintres ; Bracquemond et Boetzel,
graveurs ; Moulin, sculpteur, formaient un groupe
où l'on discutait les questions ayant avec l'art des
rapports plus ou moins directs.

Quelquefois on y voyait Koning, Schnerb, Gaston
Mitchell, Albert Wolf, Henri Rochefort. Ce dernier
ne se mêlait pas alors de politique, et les idées

émises au café de Madrid ne lui avaient point
encore tourné la tête. Il recherchait au contraire les faveurs de la monarchie, et un jour,
voyant un ruban vert briller à la boutonnière
d'un de ses confrères, il dit à M. Robert Mitchell,
alors rédacteur du *Pays* :

« Si je faisais dans votre journal des articles
en faveur de l'Italie, croyez-vous qu'on me don-
nerait la croix de Saint-Maurice et Lazare ? »

Victor Noir venait au café de Mulhouse voir
Aurélien Scholl ; il était à cette époque le secrétaire de la rédaction du *Lorgnon*. Six semaines
avant la catastrophe d'Auteuil, Noir avait voulu
entrer au *Constitutionnel;* puis les radicaux,
auxquels il était peu attaché, s'étant de nouveau
emparés de lui, ils lui montèrent la tête pour une
querelle qui ne le regardait pas et le conduisirent
chez le prince Pierre Bonaparte, où il fut tué.
Ceux qui l'avaient poussé se contentèrent de crier
bien haut et se firent une réclame de son cadavre
encore chaud.

M. Tony Révillon, le Timothée Trimm de la
Petite Presse, faisait au café de Mulhouse du
républicanisme en paroles.

Les événements ont peu changé le public du
café; outre les noms déjà cités, nous trouvons
encore M. Muraour, de la *Liberté ;* M. Corna-
glia, du Vaudeville; M. Vasseur, l'auteur déjà
célèbre de la musique de la *Timbale d'argent* et
de la *Petite Reine*, A. Génevay, Léonce Petit.

LE CAFÉ DE MADRID

ondé d'abord dans des conditions très-modestes, le café de Madrid ne tarda pas à devenir un centre où se réunissaient à certaines heures les rédacteurs des grands journaux de Paris.

Pendant une partie de la journée, on n'y rencontrait que des flâneurs qui entraient pour se rafraîchir ou se reposer ; mais à midi et surtout à partir de quatre heures, on voyait arriver des types à part, des figures allongées et soucieuses, fronts plissés, coiffures fantaisistes, depuis le gibus détraqué, taché, penchant mélancoliquement vers l'épaule, jusqu'au superbe chapeau de soie flambant neuf. Entre ces deux extrêmes, on remarquait le chapeau Rubens aux ailes immenses, le tuyau de poêle déjà retapé et rougissant sous les rayons du soleil, enfin, le couvre-chef sans nom, sans acte de naissance, affreux mélange de soie, de graisse, collé sur la tête. Ce dernier genre était toujours accroché aux patères, son proprié-

taire étant certain qu'on ne le lui changerait pas.
Une fois entré, chacun prenait sa place, puis les
conversations s'engageaient; on refaisait la carte
d'Europe, on démolissait l'Empire, et la République devenait le gouvernement de la France.
L'Empire a disparu, nous possédons la République, la carte de l'Europe est modifiée; ces pro-
fonds politiques ont vu leurs vœux se réaliser,
mais notre pays sait ce que ces changements lui
coûtent.

Ces clients du café de Madrid étaient les rédacteurs des journaux républicains qui, par prudence, n'osant point écrire ce qu'ils pensaient,
sans que le spectre de la correctionnelle leur
apparût, se le disaient entre eux.

Les aristocrates de ces réunions étaient MM. A.
Hébrard, gérant du *Temps*, J.-J. Weiss, Ranc,
Gambetta, Gustave Isambert. Quelquefois, M. De-
lescluze entrait et prenait part à la discussion.
Ses collaborateurs au *Réveil*, MM. François
Favre, Razoua, Charles Quentin, manquaient
rarement à l'heure de l'absinthe.

De temps en temps, paraissait M. Génevay —
le Severus du *Réveil* — dont la haute taille, les
cheveux et la barbe longs et blancs, la figure
maigre, l'air calme détonnaient au milieu de ce
monde tapageur et emporté. Le bossu Alfred
Naquet[1], qui devait se rendre célèbre en 1870
par ses achats de canons, faisait parade de sa
science.

1. Député en 1871.

Quand M. Gambetta était au café de Madrid, il se démenait et criait comme un possédé. Un jour, M. Weiss, ayant eu un procès, s'était défendu lui-même, et sa brillante plaidoirie avait obtenu le plus grand et le plus légitime succès. Le futur dictateur, serrant la main au spirituel écrivain, s'écria :

« Weiss, vous avez *charmantement* parlé. »

On voit que le langage de M. Gambetta était, en 1869, aussi indépendant que celui qu'il emploie à la tribune de la Chambre.

M. Ranc ne riait jamais ; ses phrases étaient nettes, claires, incisives ; on songeait, en l'entendant causer, aux exécutions sanglantes de la première République. Lorsqu'on se plaignait de l'Empire, voulant empêcher ses adversaires d'avoir des journaux, M. Ranc disait qu'il était dans son droit :

« Un gouvernement ne discute pas avec ses adversaires, il les supprime. » Seulement, il fallait que, selon lui, ce gouvernement fût la forme républicaine jacobine.

Déporté en Afrique pour affiliation au complot dit de l'Opéra-Comique, M. Ranc et quelques-uns de ses codétenus parvinrent à sortir de l'endroit où ils étaient internés, gagnèrent la frontière turque, arrivèrent à Tunis dans un état déplorable et s'embarquèrent pour Gênes. Une fois dans cette ville, il ne leur restait que quelques francs ; c'était maigre. De plus, mal vêtus, hâves, ils n'inspiraient que peu de confiance à ceux qui auraient peut-être pu les employer Se réclamer

du consul de France, il n'y fallait pas songer. Un
ami de M. Ranc, M. Permezel, comme lui com-
promis, et pour le même fait, se trouvait à Turin.
C'était une ressource, mais il fallait, pour aller
dans la capitale du Piémont, prendre le peu d'argent qui restait en caisse, et laisser à Gênes,
absolument sans un sou, cinq ou six malheureux;
car une fois arrivé, si celui qu'on cherchait était
parti, il n'y avait plus possibilité de regagner
Gênes; on ne possédait que juste la somme
nécessaire pour gagner la cité piémontaise. Cependant, on ne pouvait hésiter. M. Ranc se mit en
route, arriva à onze heures du soir à l'hôtel où
était descendu M. Permezel. Le garçon dormait;
en voyant cet individu mal mis, il crut avoir
affaire à un voleur. Cependant, il répondit que
M. Permezel était dans sa chambre, mais il refusa
énergiquement de donner le numéro et de laisser
monter cet étrange visiteur. Enfin, après une
longue lutte de paroles, le garçon se décida à
monter chez son locataire, et le lendemain, ceux
qui étaient restés à Gênes apprirent que leur envoyé avait réussi dans sa démarche, et qu'ils
allaient recevoir de l'argent pour s'acheter des
habits et des vivres.

D'un caractère aussi absolu que M. Delescluze,
partageant les mêmes idées politiques, M. Ranc
ne put pourtant point s'accorder avec le rédacteur en chef du *Réveil*, et dut quitter la rédaction
de ce journal. Du reste, le futur délégué à la
guerre ne souffrait point qu'on lui répliquât,
détestait la contradiction, et commandait de la

façon la plus hautaine au personnel qui l'entou-
rait. La rage du pouvoir dominait dans ce jaco-
bin, et il aurait sacrifié la moitié des existences de
la population française, pour couler de force
l'autre moitié dans son moule politique.

On ne savait point encore à cette époque que cet
austère personnage n'était pas inabordable et que
les ministres de l'Empire arriveraient avec lui à
conclure certains arrangements. C'était au moment d'une élection partielle dans le Var, M. Dufaure[1] avait posé sa candidature, le gouvernement le combattait. M. Pinard, alors ministre
de l'intérieur, rechercha l'appui des radicaux.
M. Delescluze fit, en exécution du traité conclu
entre lui, M. Pinart et M. Rouher, une campagne
contre M. Dufaure, et le ministère lui acheta tous
les jours 25,000 exemplaires du *Réveil*.

M. Isambert avait une ambition qui ne se manifestait que par accès. Grand et mince, la figure
jaune, les joues creuses, le menton pointu, terminé par une petite barbiche d'un blond roux, les
sourcils froncés, il riait rarement et du bout des
lèvres, paraissait toujours songeur. Il ne pouvait,
au *Temps*, être aussi violent que les rédacteurs
du *Réveil*, mais il se rattrapait dans la conversation. Lorsqu'il parlait de l'empereur, il disait
toujours *Lui*. Après le 4 septembre, il devint un
des hauts fonctionnaires du ministère de l'intérieur, mais là encore il trouva M. Ranc, qui
s'était emparé de la police, commandait à peu

1. Le garde des sceaux de M. Thiers.

près en maître, et éclipsait ses collaborateurs en
républicanisme.

M. Isambert avait débuté dans le journalisme
en même temps que M. Vermorel dans les petits
journaux du quartier Latin, *la Jeunesse* et *la
Jeune France*. Puis, les deux amis s'étaient brouil-
lés, et chacun avait suivi sa voie; l'un, en 1866,
dirigeait le *Courrier français*, l'autre était rédacteur du *Temps*. Avant d'entrer à ce dernier journal, M. Isambert avait passé d'abord par le
Courrier du Dimanche.

Ayant une très-haute idée de sa valeur littéraire et de son importance politique, le jeune
collaborateur de M. Nefftzer parlait beaucoup de
lui et rarement de ses confrères; il affectait de
les mépriser ou de ne pas même savoir leurs
noms. Aussi portait-il toujours dans ses poches
des numéros du *Temps* ou des épreuves de ses
articles, et il profitait de la moindre occasion
pour les lire. Il nous souvient, à ce propos, qu'un
soir, étant avec M. Vermorel dans un café du
quartier Latin, M. Isambert entra, après quelques
saluts très-guindés s'assit à une table, et tira des
profondeurs de son paletot plusieurs numéros de
journaux. Une *étudiante*, voisine de table de
M. Vermorel, entendant que nous parlions du
nouvel arrivé, s'informa si nous le connaissions.
Notre réponse affirmative parut satisfaire la jeune
femme, qui se replaça en face de son bock et
avala quelques gorgées du contenu. Au bout de
quelques minutes, elle entama de nouveau la conversation et demanda ce que faisait M. Isambert.

« Il est homme de lettres.

— Vous aussi?

— Oui.

— Mon frère également.

— Ah! comment se nomme-t-il? »

Elle nous dit un nom parfaitement inconnu.

« Dans quel journal écrit-il?

— Oh! il n'écrit pas. Il est dans une imprimerie où il se sert des lettres pour faire les journaux.»

Après quelques explications, nous finîmes par comprendre que le frère en question était compositeur. La pauvre fille avait confondu la profession d'écrivain avec celle de typographe. Cependant, elle parlait toujours de M. Isambert; nous nous demandions pour quel motif son nom revenait sans cesse sur ses lèvres gercées. Vermorel finit par s'en informer.

« C'est parce qu'il n'est pas amusant.

— Pourquoi? »

Elle nous raconta alors que, quelque temps auparavant, elle avait rencontré M. Isambert sous les ombrages de la *Closerie des Lilas,* et que, jusqu'au lendemain matin, il lui avait lu des articles imprimés ou manuscrits sur la politique.

A part ces petites faiblesses, M. Isambert n'en est pas moins un écrivain de talent, mais ses articles n'ont rien à gagner à être lus et commentés par lui aux habituées de Bullier.

Au café de Madrid, on voyait souvent les frères de Fonvielle, Émile Cardon, alors secrétaire de la rédaction du *Figaro,* le sympathique Alphonse Duchesne, qui avait écrit avec Alfred

Delvau les *Lettres de Junius*; Paul Manuel, l'auteur dramatique ; Édouard Siébecker. Quelquefois
M. A. Nefftzer y faisait une apparition. Razoua,
assis en face d'un verre d'absinthe, fumait comme
une locomotive, et ne songeait sans doute pas,
en dégustant la liqueur verte, qu'il serait un des
puissants de la Commune. Le photographe Carjat
prenait part aux discussions politiques; Eyriés et
Pradines écrivaient leurs correspondances aux
journaux des départements, au milieu du bruit
des jacquets, des disputes des joueurs de cartes
sur des coups douteux. Leurs plumes rapides
noircissaient le papier blanc, car il fallait que
les lettres fussent mises à la poste avant six
heures. Hector de Callias, une rose à la boutonnière, le gilet en cœur, le stick à la main, se promenait d'une extrémité à l'autre de la salle. Benas-
sit, l'artiste de talent, dont les eaux-fortes ornent
tant de livres, regardait d'un air calme ce va-et-
vient continuel. Fernand Desnoyers, un poëte fantaisiste, montrait souvent son maigre profil aux
habitués de Madrid, cherchant un ami qui voulût
bien lui offrir un apéritif. Desnoyers eut un
instant de célébrité. Lorsque la ville du Havre
éleva une statue à Casimir Delavigne, il se rendit
à la cérémonie d'inauguration, puis, lorsque le
cortége officiel se fut retiré, le poëte, se plaçant
au pied du monument, la face tournée du côté du
public, dit à haute voix les vers suivants :

> Habitants du Havre, Havrais!
> Je viens de Paris tout exprès

Pour insulter à la statue
De Delavigne (Casimir).
Il est des morts qu'il faut qu'on tue
Dans l'intérêt de l'avenir.

Jean du Boys et Charles Bataille faisaient, avec Desnoyers, partie du petit groupe des poëtes fréquentant le café de Madrid ; M. Léon Cladel, romancier aussi réaliste que républicain ; M. Castagnary, talent fin et délicat qui a eu le tort de se plonger dans la politique ; M. Desonnaz, rédacteur de l'*Avenir national*; M. Henri Fouquier, le successeur de M. Derrien au poste de chef de division de la presse au ministère de l'intérieur, Charles-Félix Durand, rédacteur de la *Presse*, étaient des habitués plus ou moins fidèles de Madrid. Quelquefois M. Francis Magnard, le spirituel rédacteur du *Figaro*, y faisait une courte station ; Charles Monselet y montrait souvent sa figure réjouie. Un bonapartiste enragé, M. Florian Pharaon, s'asseyait dans le comité des *purs*, et avouait hautement ses opinions impérialistes. De temps en temps, le quartier Latin arrivait au boulevard Montmartre : Raoul Rigault, Eudes, Tridon, Landowski parlaient de la façon dont ils gouverneraient lorsqu'ils seraient les maîtres. On riait alors de ce qu'on prenait pour des hâbleries de cerveaux brûlés. Deux hommes peut-être croyaient à l'avenir de ces fous sinistres, c'étaient MM. Delescluze et Ranc. Ils s'imaginaient se servir d'eux comme d'instruments, les laisser se compromettre, et, s'ils réussissaient dans leurs projets, les mettre de côté et prendre leur place.

Pendant le siége et surtout sous la Commune, le café de Madrid eut pour clientèle les chefs de l'Hôtel de ville, mais alors couverts de galons, faisant résonner leurs sabres et leurs éperons. Pas de soldats, tous commandants. Ces farceurs faisaient l'effet de ces états-majors des républiques de l'Amérique du Sud, où cinq ou six cents officiers généraux, dorés sur toutes les coutures, sont suivis d'une cinquantaine de nègres presque nus, munis de vieux fusils; ces nègres s'appellent une armée. Pour un corps de troupes composé d'un seul noir, il y a un général en chef, trois ou quatre aides de camp, plusieurs colonels, des chefs de bataillon, capitaines, lieutenants, puis ça s'arrête. Un républicain du nouveau monde ne peut avoir, dans les armées, un grade moindre que celui de lieutenant. Les libéraux français suivent les mêmes errements.

Sous le règne sanglant des communards, le café de Madrid dut fermer. Ses clients, trop fantaisistes, ne payaient que ce qu'ils voulaient; très-souvent, pour éviter toute discussion, ils ne payaient pas. Qui ne se rappelle Pipe-en-Bois, assis à la terrasse du café, sirotant un verre d'absinthe et regardant d'un œil attendri fonctionner les balayeuses mécaniques ou les appareils d'arrosage? Puis le colonel Razoua, commandant de l'École militaire, qui faisait caracoler un cheval comme dans un cirque. L'inoffensif Pipe-en-Bois, abandonné par M. Gambetta, dont le témoignage pouvait le faire acquitter, fut condamné à une peine des plus dures, adoucie par la commis-

sion des grâces ; Razoua, le lundi 21 mai, quitta
l'École militaire, laissant les fédérés qu'il commandait se tirer d'affaire, et, costumé en civil, il
se promenait le lendemain, mardi, sur le boulevard Montmartre, se dissimulant à tous les yeux ;
au bruit du canon et de la fusillade, il songeait
au moyen de se sauver tandis qu'on exécutait les
malheureux qu'il avait entraînés ou forcés de se
battre.

Aujourd'hui, le public du café de Madrid est
disséminé un peu partout : sur les pontons, au
bagne, à la Nouvelle-Calédonie, en Angleterre, en
Suisse, au conseil municipal de Paris, à l'Assemblée nationale, au conseil général de la Seine.

En 1873, au coin du passage Jouffroy, l'un des
anciens patrons du Madrid nous fut présenté.
C'était un pauvre diable, mal mis, avec une barbe
de huit jours. Il sortait de prison. Ayant eu la
sottise de se mêler aux affaires de la Commune et
l'imprudence de se laisser prendre, il avait été
jugé et condamné. Sa peine expiée, il était rentré
à Paris, espérant trouver quelques secours chez
ses anciens clients qui l'avaient grisé avec leurs
idées politiques ; il fut renvoyé de l'un à l'autre
et finalement n'obtint rien.

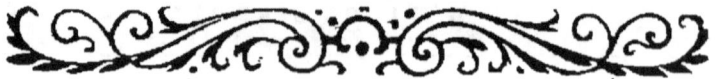

LE CAFÉ DE SUÈDE

ST-CE pour attirer les clients que le fondateur de cet établissement lui a donné le nom qu'il porte? Un prince suédois en rupture d'étiquette a-t-il habité ses environs, ou des Scandinaves l'ont-ils créé comme lieu de réunion? Aucune de ces suppositions n'est juste; probablement ce café a reçu son titre sans raison. Du reste, un limonadier n'est pas obligé de connaître à fond l'histoire universelle; les allées et venues des petits verres de son comptoir aux tables l'intéressent bien plus que les pérégrinations d'un empereur ou d'un roi. N'a-t-il point lui-même l'apparence d'un souverain? Il est vrai que son sceptre est une serviette, que son empire a pour bornes les murs qui séparent son café des boutiques voisines. Il envahit bien le trottoir; mais cet envahissement est légal, la préfecture de police lui a donné l'autorisation; la préfecture de

la Seine le fait payer tant par mètre carré d'asphalte occupé par les tables.

Comme sujets, le patron de café a ses garçons, auxquels il commande en maître absolu, les consommateurs ne sont que des tributaires qu'il exploite habilement. Son intérêt est toujours en éveil, et le tromper paraît difficile. Mais fermons cette parenthèse sur le limonadier et parlons du sujet qui nous occupe.

Le café de Suède est doré, pimpant ; il a été et est encore le rendez-vous d'actrices, de littérateurs qui aiment à voir, l'hiver, à travers les glaces de la devanture, circuler les piétons enveloppés dans des vêtements épais, le col relevé, la tête enveloppée d'un immense cache-nez. L'été, le spectacle est plus gai. Le soleil brille, les toilettes sont fraîches, la démarche est légère, les flâneurs sont nombreux. Cependant, malgré tous ces avantages, beaucoup des anciens habitués du café de Suède l'ont abandonné ou ne le fréquentent plus d'une façon aussi assidue. Quelques *grecs* y avaient établi le centre de leurs opérations véreuses, des descentes de police furent opérées. Il y a quelque temps encore, la population du premier étage était très-mêlée, et on jouait le baccarat et le lansquenet ; les juifs, marchands de diamants, s'y donnaient rendez-vous. Dans l'après-midi, quelques amateurs de billard se livrent à une orgie de carambolages. MM. de la Bédollière, Richardet, Alfred Ixel, Sévilly, rédacteurs du *National*, jouaient leurs absinthes en une ou plusieurs parties de jacquet.

M. Antoine Gandon, l'auteur des *Trente-deux
duels de Jean Gigon,* mort depuis quelques
années, a été un des habitués du café de Suède.
Lambert Thiboust, quand il entrait, était toujours accompagné de M. Paul Aubert, surnommé
Pomme-au-beurre. M. Teissier a également un
pylade, c'est M. Ernest Adam. On a donné à
M. Verlé le sobriquet de Canuche, pourquoi Canuche?

M. Alfred Touroude, Havrais et auteur dramatique, qui se dit tout modestement le Shakes-
peare du XIXᵉ siècle, fréquente le Suède. Ce jeune
auteur admire ses pièces et parle de son génie.
M. Duréçu, ancien directeur des Folies-Bergères
et de beaucoup de théâtres de province; Pons,
l'excellent maître d'armes; Henri Chabrillat, ex-
rédacteur du *Figaro,* attaché pendant la guerre à
la personne du général Chanzy, décoré pour sa
belle conduite, et aujourd'hui codirecteur des
Folies-Nouvelles avec M. Cantin, son beau-père;
Vermersch, le sinistre rédacteur du *Père-Duchêne;*
Albert Glatigny, comédien et poète; Legrénay,
qui joue avec un succès étourdissant les rois dans
les féeries, Hamburger, Alexandre père et fils, et
beaucoup d'autres artistes, ont été ou sont encore
les clients du café de Suède.

Tous les habitués du boulevard ont connu au
moins de vue M. Glatigny, d'une taille que sa
maigreur excessive faisait paraître fort longue. Il
a raconté comment un jour, voyageant en Corse,
un gendarme le prit pour Jud, l'arrêta et voulait
à toute force le faire monter sur l'échafaud. Le

Jud par erreur protesta, ne se laissa influencer ni
par les flatteries, ni par les menaces, et fut mis
en liberté. Pendant la guerre, son père, qui habi-
tait la Normandie, fut presque victime d'une
erreur semblable, on le prenait pour un espion.

LE CAFÉ DES VARIÉTÉS

E l'autre côté du boulevard Montmartre, en face des cafés de Madrid et de Mulhouse, sont les établissements similaires de la Porte-Montmartre, de Suède, des Variétés, Véron. A la Porte-Montmartre quelques écrivains, M. Alexandre Gresse, du *Peuple francais*, M. Charles Ducher, du *Pays*, et plusieurs de leurs confrères s'y rendaient, vers la fin de l'Empire, régulièrement à cinq heures ; au café Véron, la clientèle est plus bourgeoise, les artistes et les gens de lettres ne l'ont jamais fréquenté d'une façon assidue ; le café des Variétés, voisin du théâtre de ce nom, est le rendez-vous de tous les cabotins de province qui viennent à Paris chercher un engagement.

Au mois de mai, cette population, venue de tous les coins de la France, envahit les salles, entoure les tables, déborde sur le boulevard. Chacun parle de ses talents, de ses succès, et les camarades

absents ne sont pas épargnés. On entend prononcer à chaque seconde les mots de rappels, de
couronnes, d'ovations. Ni hommes ni femmes,
tous génies. Ils ne marchent pas, ils planent. Puis
le jeune premier raconte ses conquêtes, l'actrice de
quatrième ordre énumère les individus qui se sont
ruinés ou tués pour elle. Mais au milieu de ce
feu roulant de hâbleries, on devine facilement la
vérité, et tous ces individus qui, soi-disant, ont
des appointements fabuleux, ne possèdent en réalité
presque rien. Beaucoup même manquent des quelques sous nécessaires pour s'offrir une modeste
consommation, et regardent d'un œil mélanco-
lique les bocks, les mazagrans, les carafons, les
demi-tasses qui couvrent les tables. Les bottes
éculées, le drap luisant, le linge d'un blanc qui
n'est pas, hélas! douteux, les chapeaux démodés,
prouvent mieux que les phrases les plus élo-
quentes la *gêne* qui se dissimule, la misère qui
se cache. On reste plusieurs heures à boire un
verre de bière, on cherche un ami ou une simple
connaissance, on essaye d'emprunter cent sous...
vingt sous, et l'on n'y réussit pas toujours.

Pendant les deux derniers mois du siége de
Paris, le café des Variétés offrait, à partir de cinq
heures du soir, l'aspect le plus animé; on y étouf-
fait littéralement. Le pétrole, qui avait remplacé
le gaz, éclairait l'établissement; toutes les tables
étaient occupées par des gardes nationaux, des
mobiles, des soldats qui mangeaient une abomi-
nable soupe aux choux, que quelques-uns trouvaient excellente. Comment le limonadier prépa-

rait-il ce mets ? Il ne l'a jamais dit. Les estomacs
qui avaient conservé un reste de délicatesse se
montraient récalcitrants. Il fallait voir les gri-
maces étranges, les haut-le-cœur des plus affamés.
Pour faire passer la fameuse soupe, on buvait en
abondance du vin, du punch, du café. Jules Vallès,
la barbe hérissée, les cheveux au vent, se montrait
assez souvent dans cette foule ; on le désignait du
doigt, on prononçait son nom ; il était enchanté
de produire son petit effet. Il avait déjà été mêlé
à l'affaire du 31 octobre. Avec l'aide de ses partisans, il avait pillé et dévoré la viande et les vins
que l'administration tenait en réserve à Belleville
pour être donnés aux blessés ; de pareils exploits
faisaient du bruit autour de son nom[1].

Le café des Variétés a eu un instant pour clientèle la plupart des habitués du café de Madrid.
Un jour, un consommateur se fâcha avec le patron,
toute la bande des journalistes passa de l'autre côté
du boulevard, entra au café de Madrid, et s'y in-
stalla. M. Camille Debans, auteur des *Drames à
toute vapeur*, faisait partie de la colonne d'émi-
grants.

Quelques auteurs dramatiques fréquentent le
café des Variétés, où ils trônent au milieu des
artistes qui les flattent, dans l'espoir d'obtenir un
rôle dans leurs pièces.

Les comédiens ont toujours eu à Paris un
endroit pour se réunir, ce lieu de réunion ne pou-

1. Ce fait a été constaté dans un rapport paru au
Journal officiel.

vait être qu'un café. Sous le règne de Louis XV
ils se rendaient rue Rochechouart, au cabaret de
Ramponneau, à l'enseigne des *Porcherons*. Après
les *Porcherons* qu'ils abandonnèrent, ils choisirent
un méchant bouchon de la rue des Boucheries-
Saint-Honoré et passèrent rue de l'Arbre-Sec et de
là, à peu de distance, rue des Vieilles-Étuves, tout
près de l'endroit ou était né Molière. Chassés par
les démolisseurs de la rue des Vieilles-Étuves, les
artistes de province envahirent le Palais-Royal et
de là émigrèrent au boulevard, aux cafés des
Variétés, de *Suède*, et dans un petit établissement
situé tout près de la Porte-Saint-Denis.

LE CAFÉ FRONTIN

ES événements politiques ont divisé les républicains, non en deux partis, mais en deux fractions qui peuvent se définir ainsi :

Fraction n° 1, composée de M. Gambetta et de ses amis, qui ont su ne point se mêler activement à la Commune et se créer des positions lucratives, grâce à leur prudence et à l'habileté qu'ils ont déployée.

Fraction n° 2, la plus nombreuse, formée des imbéciles et des bandits auxquels les premiers ont répété sans cesse qu'ils étaient la tête et le cœur de la France, et qui aujourd'hui sont à la Nouvelle-Calédonie, au bagne, en prison comme Mottu, ou simplement en disgrâce comme M. Bonvallet. Inutile de dire que les citoyens Mottu et Bonvallet espèrent bien revenir un jour sur l'eau, car le premier est convaincu que, si la vraie république eût existé, il n'aurait pas été condamné comme banqueroutier ; le second est non moins persuadé qu'une

vraie république ne se serait point occupée de ses
petits manéges municipaux et que ses amis politiques ne l'auraient pas forcé de donner sa démission de membre du conseil municipal sous un
régime véritablement radical.

Pour les causes que nous venons de citer, les
individus compris dans la deuxième fraction ne
peuvent donc se réunir librement ; quant à leurs
amis qu'ils ont élevés sur le pavois, ils s'assem-
blent où ils veulent, vivent bien, font de l'opposition pour maintenir leur popularité dans les *nouvelles couches* et demandent de temps en temps
l'amnistie. Leur façon de songer aux malheureux
dont ils ont causé la perte nous rappelle cette histoire dont M. Charles Hugo a été le héros :

C'était vers la fin du siége de Paris, quand la
population grelottante allait chercher, les pieds
dans la neige, exposée à la pluie, la maigre part
de nourriture destinée à l'empêcher de mourir de
faim. En face de ce spectacle lamentable les plus
durs se sentaient saisis de pitié.

M. Charles Hugo, fils du grand poëte, rédigeait le *Rappel* en compagnie de MM. Blum,
Vacquerie, Paul Meurice et quelques autres. Comme
aujourd'hui, le *Rappel* était lu par les démocrates
qui portaient pieusement leur obole dans la caisse
Hugo et compagnie.

Dans les premiers jours de janvier 1871,
M. Charles Hugo donna, dans les bureaux du journal, un diner où il invita ses collaborateurs. On
mangea bien, on but encore mieux, et, comme le
Rappel paraissait le matin, M. Charles Hugo,

étendu sur une chaise, dit en se tapant sur le ventre : « A présent que nous sommes satisfaits, allons écrire sur les misères du peuple ! »

Cette mauvaise plaisanterie fit sourire Vacquerie, Blum battit des mains, Meurice hocha la tête d'un air approbatif.

Les républicains *arrivés* sont aussi dévoués au peuple que l'est la tribu Hugo. Ils s'en servent comme d'un instrument, mais ils se moquent de sa bêtise. Au café Frontin règne le scepticisme le plus absolu, sauf des exceptions fort rares, parmi ces exceptions nous placerons M. Ranc.

Après la Commune, lorsque l'ordre fut rétabli, que tout danger eut disparu, M. Gambetta ayant quitté l'Espagne pour rentrer à Paris, le café de Madrid ne parut plus un établissement digne de recevoir les farceurs du 4 septembre qui à Tours et à Bordeaux avaient si bien vécu aux dépens de la France. Tous les radicaux ayant été ministres, sous-ministres, généraux, ne pouvaient plus se risquer au café de Madrid où ils auraient pu rencontrer de simples colonels en rupture de galons ou de modestes préfets à qui on avait fait des loisirs en se privant de leurs services.

L'état-major général républicain s'assembla donc au boulevard Poissonnière, à la brasserie Frontin. C'est là, autant que dans les réunions où l'on est convoqué par lettres, qu'on discute les *grands intérêts du pays,* un radical en a plein la bouche lorsqu'il prononce ces trois mots. M. Gambetta, que la *Gazette de France* appelle si spirituellement directeur du *Moniteur de Longjumeau,* fait

toujours des plans de campagne, malgré son peu
de connaissances géographiques. Il se souvient
pourtant encore d'avoir confondu Épinay, village
près de Saint-Denis, avec Épinay-sur-Orge, et
annoncé à la France la jonction des armées de
Paris et de la Loire à Longjumeau. Les bouffon-
neries stratégiques de M. Gambetta ont fait pouffer
l'Europe ; en finance et en politique, il est à peu
près de la même force qu'en géographie. Du reste
il est assez rare que celui qui n'a été toute sa vie
qu'un avocat médiocre devienne du jour au lendemain un Louvois ou un Colbert. C'est au café
Frontin qu'a été discutée l'élection de M. Barodet
dont la nomination, comme le disaient MM. Frédéric Morin et Naquet dans les réunions publiques,
devait consolider le gouvernement de M. Thiers.
On a vu comment se sont réalisées ces prophé-
ties, on peut juger par là du flair politique des
radicaux. M. Spuller est une des colonnes du radicalisme : figure bouffie, barbe jaune, cheveux jaunes,
style ampoulé, prétentions énormes, tel est en
résumé le portrait de disciple de l'ex-dictateur qui
profita de son influence pour faire nommer son frère
préfet de la Haute-Marne. M. Spuller fait le désespoir des rédacteurs de la *République française*, ses
entrefilets sont au moins de deux colonnes et ses
petits articles occupent toute une page. M. Isambert a plus de talent que son collègue, aussi écrit-
il moins. M. Naquet, député de Vaucluse, fréquente le café Frontin. On sait qu'il est orné d'une
bosse remarquable. Ce défaut de conformation phy-
sique a servi de thème à une foule de plaisanteries

et les *purs* eux-mêmes ont risqué le mot pour rire sur l'œil de M. Gambetta et la gibbosité de son collègue à la Chambre.

Après la chute de M. Thiers deux électeurs radicaux se disputaient, et après un échange de phrases à l'usage des habitués des Folies-Belleville, ils en vinrent à se jeter à la face leurs candidats. L'un disait que l'ex-dictateur était borgne, l'autre parla des ondulations fantaisistes du thorax de M. Naquet.

« C'est pas vrai, il n'est pas bossu, dit le défenseur du député de Vaucluse.

— Pas bossu ! oh malheur. L'autre jour il a avalé un fil de fer et rendu un tire-bouchon! »

Le Naquettiste, interloqué, ne sut que répondre à cette phrase foudroyante et se réfugia chez le marchand de vins.

M. Carjat a suivi au café Frontin les ex-habitués du café de Madrid. Son objectif, son collodion, tout chez lui est radical. Son instrument ne fonctionnerait pas s'il était braqué sur un visage réactionnaire.

M. Ordinaire, député de la rue Grôlée, ne dédaigne point de s'asseoir sur les banquettes d'un établissement public. Il est aimable et en petit comité n'a point les idées farouches qu'il montre à la Chambre. Il a même ses petites faiblesses, et lorsqu'il se porta candidat à la députation, un trait de génie germa dans son cerveau. Les murs de la cité lyonnaise furent couverts de ses affiches et les journaux démagogues portèrent jusqu'aux coins les plus reculés de la Guillottière, la cité

sainte du radicalisme de Lyon, le nom du défenseur des droits du peuple. Mais la gloire d'être
imprimé ne lui suffit pas, il voulut mettre le
comble à la joie de la population en répandant
à profusion son portrait. Un photographe pari-
sien fut chargé de l'opération. M. Ordinaire
croyait que les épreuves se tiraient par centaines
en quelques heures, il fut assez désagréablement
surpris quand il sut que plusieurs semaines étaient
nécessaires pour obtenir un assez grand nombre
de portraits. Cette opération était manquée, le
candidat radical fut quand même élu. En 1872,
il lui restait sans doute encore un certain nombre
de photographies, car tous les petits boutiquiers
de l'exposition de Lyon en ornèrent leurs étalages
et les offrirent aux promeneurs moyennant un prix
modique. Ce fut une mauvaise opération, les images
restèrent pour compte à M. Ordinaire. Un autre
incident de l'existence du député de la rue Grôlée.
Il s'est battu en duel avec M. Cavalier, rédacteur
de la *Patrie;* le garde des sceaux, qui était alors
M. Dufaure, refusa au procureur de la République l'autorisation de le poursuivre et c'est son
adversaire qui fut jugé, condamné, et finalement
dut payer l'amende.

C'est la façon des républicains de prouver leur
impartialité.

M. Barodet, député de Belleville et ex-maire de
Lyon, va au café Frontin. Ce brave homme qui
s'était fait donner des appointements comme magistrat municipal ne pouvait pas sérieusement rentrer dans la vie privée, ce qui l'eût forcé de tra-

vailler. On l'a envoyé à la Chambre où il a au
moins son pain assuré pour quelque temps. Sa
famille est tranquille, ses amis sont contents et
lui est satisfait.

Quelquefois, pour se distraire de la politique,
les habitués radicaux du café Frontin jouent aux
cartes, mais ils ne perdent pour cela rien de ce
qu'ils nomment leur dignité. Quand ils parlent,
ils écoutent le son de leur voix; lorsqu'ils pa-
raissent réfléchir, ils froncent le sourcil, et si un
inconnu, fût-il radical, essaye de causer à l'un
d'eux, on lui répond avec une froideur calculée.
Ces aspirants au pouvoir suprême singent les
grandes manières, il faut avouer qu'ils ne réus-
sissent pas.

Un de nos amis qui les connaît presque tous
particulièrement, étant allé au café Frontin, fut
surpris de leur air compassé. Il dit en parlant
d'eux :

« Ces farceurs s'imaginent qu'ils ont été de
vrais ministres, on sait comment ça se fabrique
ces hommes d'État, nous en avons fait.

— Il faut avouer que nous avons rendu à la
France un triste service, » répondîmes-nous.

Le café *Frontin* a été abandonné par son public
radical qui s'est transporté dans un établissement
voisin, au café du *Pont-de-Fer*. On n'y voit plus
que des commerçants du quartier.

LE CAFÉ DE LA PAIX.

PRÈS la conclusion de la paix, lors-
que Paris, pendant plusieurs mois
isolé du reste du monde, put ouvrir
ses portes, tous ceux que les événements ou leur volonté avait fait quitter la capitale rentrèrent en foule pour revoir
leurs familles, leurs amis, et surtout ce Paris si
doux, si attrayant, si plein de charmes. Les
groupes se formaient, les hommes politiques de
tous les partis eurent leur lieu de réunion, non
point dans l'intention de conspirer, puisque le
gouvernement qu'on venait d'installer n'était que
provisoire, mais pour causer de leurs espérances.

L'assemblée nouvellement élue avait, dans un
instant de colère, prononcé la déchéance de l'Empire, que l'on rendait responsable des malheurs
qui accablaient la France. Les communards futurs
et les républicains s'unirent aux orléanistes et aux
légitimistes dans cette manifestation. Mais si les
partisans des deux branches royales étaient sin-

cères, leurs amis du moment se montrèrent habiles Il s'était passé après le 4 septembre des faits si extravagants, que MM. Picard et Cie furent enchantés d'avoir affaire à un adversaire qui ne pouvait alors se défendre, en mettant à son actif leurs inepties personnelles.

M. Thiers s'associait à ces haines contre les Bonaparte et s'arrangeait pour profiter des fautes de tout le monde. Tant que dura le principat de l'ex-ministre de Louis-Philippe, les partisans de l'Empire furent pourchassés partout, la haine contre eux était devenue une espèce de rage chronique.

Après la Commune, le président les fit surveiller pendant que s'échappaient les principaux chefs des assassins et des incendiaires que le maréchal de Mac-Mahon venait d'écraser.

Cependant on ne pouvait faire disparaître tous ceux qui avaient servi l'Empire. On vit quelques bonapartistes sur les boulevards, MM. Boffinton, de Saint-Paul, comte de Palikao, E. Dréolle et beaucoup d'autres se montrèrent.

Les impérialistes se réunirent au café de la Paix, sur le boulevard des Capucines, qui reçut alors le surnom de boulevard de l'île d'Elbe.

On ne pouvait choisir un plus bel emplacement, comme lieu de réunion, que le café de la Paix. Situé au coin de la place du nouvel Opéra, dans un des splendides immeubles construits sous le règne de Napoléon III, cet établissement est décoré avec un grand luxe. Plafonds peints, moulures, colonnes élégantes, lustres superbes, glaces

immenses dissimulant les murs, c'est un palais
merveilleux où tout le monde peut entrer. A côté
s'élève la masse immense de l'Opéra ; en face, de
l'autre côté du boulevart s'ouvrent l'avenue Napoléon, qui s'arrête à la rue Louis-le-Grand, et la
rue de la Paix, bâtie par le chef de la dynastie
impériale. A l'extrémité de cette voie, la place
Vendôme, où l'on aperçoit la colonne d'Austerlitz, dont la reconstruction est à peine terminée.
Tout, dans ce quartier, rappelle le souvenir des
deux Empires, instinctivement autant que par
goût, les amis et les défenseurs de Napoléon
vont s'y promener, causer des grandeurs passées
ou de leurs espérances.

M. Piétri va assez régulièrement au café de la
Paix.

Préfet de police sous l'Empire, il avait excité
la haine de Raoul Rigault qui, au 4 septembre,
se précipita sur la préfecture de police avec l'intention de prendre la place de M. Piétri ; mais
il dut se retirer devant M. de Kératry et se con-
tenta d'une position bien au-dessous de celle qu'il
ambitionnait.

M. Jolibois, ancien conseiller d'État, y charme
ses auditeurs par sa parole facile et élégante.
Nous nous souvenons qu'en 1872, à propos du
fameux procès Jules Favre contre son ancien ami,
qui l'avait accusé d'avoir falsifié les registres de
l'état civil, M. Jolibois était un des défenseurs de
l'adversaire de l'avocat républicain. C'était au
Palais de justice, il était six heures du soir lorsqu'il commença à parler. Des lampes éclairaient

la salle toute remplie d'avocats, de journalistes,
des amis et des ennemis des plaideurs. Après avoir
résumé en quelques mots sa vie sous l'Empire,
M. Jolibois pénétra dans le vif de la question et
entra dans les détails les plus intimes de l'existence de M. Jules Favre; il terminait par cet acte
qui amenait l'ancien membre du gouvernement de
la défense nationale sur les bancs de la cour
d'assises. M. Favre baissait la tête et ne répondait point à ces reproches sanglants qui tom-
baient sur lui sans qu'il pût trouver un mot
d'excuse.

M. Abbatucci, fils de l'ancien garde des sceaux,
MM. Boyer et Lefebvre, préfets sous l'Empire,
font partie de la réunion du café de la Paix, de
même que M. Mouton, qui a été chef du cabinet
de M. Piétri, aujourd'hui rédacteur de l'*Ordre*,
MM. Falcon de Cimier, Gimet, anciens préfets;
MM. Besson, Genteur, Goupil, anciens conseillers
d'État; M. Alfred Darimon; M. Adelon, secrétaire général du ministère de la justice, dans le
cabinet du 2 janvier 1770; le général Ferri-Pisani-
Jourdan, comte de Saint-Anastase; le général
de Beaufort d'Hautpoul; M. Galloni-d'Istria;
M. Ganivet; M. Levert, ancien préfet du Pas-de-
Calais; M. Hervet, de l'*Ordre*; M. Casanova;
M. de Valon; M. Dussaussoy; M. de Saincthor-
rent; M. Henri de Fontbrune, rédacteur du *Pays*;
M. Charles Gaumont, rédacteur de l'*Ordre*;
M.C. Romanet, ancien rédacteur de la *France*, qui
a passé ensuite au *Constitutionnel*; M. E.-J. Lar-
din, rédacteur du *Soir* et de la *Liberté*, où il a

publié des articles intéressants sur l'administration
des postes; M. Lagrange.

Nous avons raconté les services que M. Mouton[1]
avait rendus à plusieurs détenus politiques. Il est
probable que si ces individus, maîtres de Paris
sous la Commune, s'étaient emparés de sa personne, ils l'eussent gardé comme otage. C'est de
la reconnaissance radicale. M. Sencier, le dernier
préfet du Rhône sous Napoléon III, M. le baron
Servatius, M. Henri de Lagarde font partie du
groupe impérialiste. Ce dernier, ancien rédacteur
du *Pays,* reprit du service en 1870 et se battit
sans s'occuper du parti qui était au pouvoir.
Comme le baron Saillard, Ernest Baroche et tant
d'autres, il ne défendait point Pipe-en-Bois, mais
la France.

Nous citerons encore M. Jolibois fils, M. Thierry,
M. Théodore de Grave, qui a été rédacteur principal du *Petit Figaro,* et a rédigé pendant près
d'un an les *Échos* du *Gaulois,* sous le pseudo-
nyme du *Domino*; M. Francis Aubert, secrétaire
de la rédaction du *Peuple français,* sous la
direction de M. Auguste Vitu, ensuite rédacteur
du *Gaulois,* de 1872 jusqu'aux premiers mois de
1873. M. Aubert accompagna le prince Napoléon,
lorsque M. Thiers, jugeant la France compromise
par la présence chez M. Maurice Richard de ce
membre de la famille impériale, le fit conduire à
la frontière. Quand on apprit la mort de l'empe-

1. *Six Mois à Sainte-Pélagie.* (Souvenirs révolution-
naires.

reur, M. Aubert se rendit à Chislehurst et adressa au *Gaulois* des correspondances fort intéressantes. Quelquefois on a vu M. de Saint-Paul, ancien directeur général au ministère de l'intérieur, assis à une table du café de la Paix.

Sur ce coin du boulevard on rencontre souvent M. Paul de Cassagnac, M. Rogat dont le duel au parapluie avec M. Ratisbonne a égayé Paris pendant quelques jours aux dépens du rédacteur des *Débats*; MM. Alexandre Gresse, Dugué de la Fauconnerie, Léonce Dupont et beaucoup d'autres personnalités marquantes du parti bonapartiste.

LE RAT-MORT

OMME beaucoup d'autres établisse-
ments publics, cafés ou restaurants,
le *Rat-Mort* a dû sa vogue aux écrivains qui l'ont fréquenté. Non pas
qu'à eux seuls les écrivains puissent
former une clientèle sérieuse, mais ce sont leurs
connaissances, dont le nombre est incalculable, et
les curieux qui envahissent les tables et forment un
public consommant beaucoup et payant en général
assez régulièrement.

Autrefois, quand on savait que M. de Villemessant et sa rédaction allaient dans un restaurant
quelconque, vite de nombreux consommateurs
s'y précipitaient pour voir manger et entendre
parler le célèbre directeur du *Figaro*. Dans cette
queue qui suit la gent écrivante, il y a les familiers, les aspirants familiers et les timides. Les
premiers font parade des places de théâtre qu'ils
obtiennent, des billets qu'on leur donne pour

assister aux réunions scientifiques, littéraires ou
agricoles. Les seconds recueillent les épaves que
veulent leur laisser les plus avancés en faveur ;
quant aux troisièmes, ils cherchent une occasion
de faire remarquer leur présence en écoutant les
conversations politiques, artistiques, suivant les
jeux et prononçant de loin en loin quelques paroles.

Autrefois, alors qu'on s'occupait beaucoup
d'art et fort peu de politique, — il faut bien
avouer que les affaires n'en allaient pas plus mal,
— tout le monde était mêlé, toutes les écoles
étaient confondues ; mais lorsque, quittant le journal, la politique s'est mêlée au roman, à la sculp-
ture et à la peinture, les sociétés se sont séparées,
formées par groupes, et il fut admis que tel barbouilleur avait énormément de talent pour la repro-
duction sur la toile d'un cube de pierre de taille
ou d'une casquette graisseuse, que tel romancier
possédait un génie hors ligne parce qu'il avait fait
une description d'un ouvrier se grisant chez un
marchand de vin, si ce peintre ou cet écrivain
avaient des opinions avancées. Le Titien ou Ra-
phaël sont placés, dans cette école, bien au-dessous
de MM. Courbet et Manet.

Chaque groupe eut donc son café à lui, et on
sut qu'à tel établissement se réunissaient les démocrates réalistes, qu'à tel autre on trouvait les réactionnaires, c'est-à-dire les admirateurs sincères et
sans parti pris de tout ce qui est beau. Le café
du *Rat-Mort*, après avoir été un rendez-vous
purement littéraire, se changea en un centre poli-

tique où l'on s'admirait mutuellement, où chacun
riait des idéologues.

Le vrai nom du *Rat-Mort* est café *Pigalle*,
situé en face de la *Nouvelle-Athènes*, établissement fréquenté par beaucoup d'hommes de lettres.
Les débuts du café Pigalle furent des plus modestes ;
mais un hasard heureux le fit sortir de l'obscu-
rité, et du jour au lendemain il eut la clientèle de
son concurrent.

Alfred Delvau , Castagnary et Alphonse Duchesne furent ses premiers habitués. Ayant eu une
dispute avec le patron de la *Nouvelle-Athènes*, ils
traversèrent la rue et allèrent s'attabler au nouveau café. Les peintures étaient encore fraîches,
les plâtres encore humides, et l'on respirait dans
la salle du premier étage une odeur tellement
désagréable qu'un des nouveaux clients dit :
« Cela sent le rat mort ici. » Le café était baptisé.

Bientôt toute la bande des amis des déserteurs
de la *Nouvelle-Athènes* les suivit. Henri Mürger
y alla quelquefois. A. Pothey, le graveur sur eau-
forte, devenu rédacteur du *Gaulois,* y montra sa
bonne et franche figure. Les peintres, les sculpteurs, les acteurs, les cabotins y arrivèrent. Des
figurantes, des modèles d'atelier jouaient entre
elles des consommations que payaient les hommes.
Les joueurs de cartes ou de billard causaient art
et littérature après une *capote* ou entre deux carambolages. Le soir se retrouvaient là presque
tous les habitués du café de Madrid. La barbe
rouge d'Eugène Ceyras brillait sous les reflets du
gaz, et le poëte Desnoyers, dont nous avons déjà

cité le nom, cherchait, comme toujours, un ami
résolu qui voulût bien dépenser quelques sous en
'sa faveur. Il faut dire que ses recherches étaient
généralement couronnées de succès. Il ignorait absolument ce que c'était que de payer pour lui, et
surtout pour les autres. Un jour, pourtant, se trouvant avec Monselet, ils burent chacun deux bocks
dont Desnoyers solda le montant, soit un franc.
Ce fait étrange, inouï, le surprit tellement, que ce
jour devint une date dans sa vie. Quand on lui
parlait de n'importe quoi, il disait :

« C'est huit jours avant la soirée où je payai
deux bocks à Monselet. » Ou bien : « C'était six
mois ou un an après que j'ai eu payé deux bocks
à Monselet. » Ces deux consommations soldées
par lui et bues par un autre, Desnoyers n'en perdit jamais le souvenir.

M. Catulle Mendès donnait quelquefois des soirées à ses amis, il faisait prendre les consommations au café Pigalle. Ses invités, tous poëtes, faisaient assez souvent une station au *Rat-Mort*.
Coppée, Henry Cantel, Albert Mérat, Léon Cladel,
se sont assis souvent sur ses banquettes. Aujour-
d'hui, le rendez-vous des *parnassiens* est la bouti-
que de l'éditeur Lemerre.

Pendant la Commune, les habits brodés bril-
laient au *Rat-Mort*. Bon nombre de ses habitués
étaient devenus colonels, intendants, membres du
conseil siégeant à l'Hôtel de ville. Un des types
les plus bizarres de cette époque était un nommé
Massenet de Marancourt. Cet individu avait d'abord
essayé de pénétrer dans le parti catholique, et

un livre signé de lui, *les Échos du Vatican*, le mit un peu en relief. Mais lorsqu'on connut sa valeur il fut mis de côté. Il devint révolutionnaire, et, grâce à ses antécédents, on lui donna aussitôt un grade fort élevé sous le règne des *purs* qui brûlèrent Paris.

La chute de la Commune dispersa naturellement une partie de la clientèle du *Rat-Mort*. Mais aujourd'hui beaucoup d'habitués, — les modérés, — sont revenus, les discussions politiques et d'art et les parties de billard ou de cartes ont repris leur cours.

LA BRASSERIE DES MARTYRS

DINOCHAUX.

A brasserie des Martyrs a eu une certaine réputation. Si les hommes d'un véritable talent ne l'ont jamais fréquentée assidûment, en revanche les poëtes inoccupés, les peintres, les sculpteurs en mal de chefs-d'œuvre s'y rendaient régulièrement. Dieu sait la façon dont on arrangeait les réputations, comment on traitait les *arrivés*. M. Firmin Maillart, qui a connu la brasserie au temps de sa splendeur, a, dans une spirituelle pochade, mis en relief les habitués de cet établissement, heureusement situé du reste, entre Montmartre et les grands boulevards, au pied de la fameuse colline dont tant d'artistes et d'écrivains habitent les sommets. On s'arrête à la brasserie pour reprendre haleine, attendre un ami pour renouer une conversation interrompue, surtout pour boire et fumer. Du reste la gent artistique a un faible très-prononcé pour les hauteurs. Est-ce parce

que les loyers sont moins chers, la vie matérielle
à meilleur compte, l'air que l'on respire plus vif ;
ou bien les gens de lettres, peintres ou sculpteurs
suivent-ils sans s'en rendre compte les mouve-
ments d'une vanité qui leur est naturelle ?

Les Parisiens du xviiie siècle affectionnaient le
quartier qui s'élève entre les boulevards extérieurs
et le tracé actuel de la rue Saint-Lazare. Ils allaient
aux *Porcherons* pour faire des parties de plaisir.
La rue des Martyrs s'appelait *des Porcherons.*
Géricault, le célèbre peintre, y est mort en 1824 ;
Mme Boulanger, artiste de l'Opéra-Comique, qui
a joui pendant longtemps d'une réputation méritée, est morte en 1850 au n° 20. Le fameux cabaret
de Ramponneau était au coin des rues de Clichy
et Saint-Lazare .Le jardin de Tivoli, qui a eu une
si grande célébrité par ses fêtes, couvrait de ses
pelouses le flanc de la colline traversée aujourd'hui
par la rue de Tivoli, le passage du même nom, et
avait son entrée rue Saint-Lazare.

Dinochaux, surnommé le *restaurateur des lettres,* avait son établissement rue de Bréda. Il était
fier de ses clients et leur ouvrait un crédit illimité,
quand ils étaient arrivés à un degré de réputation
dont il restait, du reste, seul juge. Les hommes
de lettres ou les artistes qui n'avaient pas la chance
d'être appréciés assez haut se voyaient obligés
d'aller au *Rat-Mort.* Mais le jour où un volume,
un article de journal, un tableau, une statue, une
gravure, un dessin, une page de musique, une
note heureusement lancée, une tirade bien dite
avaient mis en relief un individu, Dinochaux, con-

naissant les difficultés de la vie pour les débutants, offrait aussitôt le crédit le plus large. Il n'attendait pas qu'on lui demandât.

Inutile de dire qu'il y eut des abus et que le restaurateur perdit beaucoup d'argent. Henry Mürger, Monselet, Ponson du Terrail, Mengin, devenu plus tard chef d'orchestre du Grand-Théâtre de Lyon, Albert Brun, sous-préfet de Sedan, et des centaines d'autres que nous pourrions citer, ont vécu durant des années chez Dinochaux. Pendant le siége de Paris il aida beaucoup de ses pensionnaires. Sous le règne des communards il tint à honneur de n'augmenter que très-peu ses prix, malgré la cherté des aliments. Ce sacrifice acheva sa ruine. Il mourut, sa maison fut mise en faillite et M. de Villemessant acheta les créances, qui formaient la partie la plus importante de l'actif.

LE CAFÉ DE CHOISEUL

E voisinage du Théâtre-Italien et des Bouffes-Parisiens attire au passage Choiseul beaucoup d'auteurs dramatiques et d'artistes qui, naturellement, trouvent plus commode de causer assis que debout. Le système péripatéticien, malgré ses charmes, finit souvent par fatiguer; puis il y a les journaux à consulter, il faut lire les appréciations des critiques sur les pièces et leurs interprètes. La clientèle de quelques-uns des cafés des environs est donc en majeure partie composée de personnalités attachées à ces deux théâtres.

Les jours de première aux Bouffes ou lorsqu'aux Italiens chante Mlle de Belloca, le passage est littéralement encombré. Les gilets en cœur, les gants blancs, la raie au milieu du front, un bouquet à la boutonnière, indiquent les admirateurs des étoiles des théâtres de M. Comte et de M. Bagier.

Les toilettes tapageuses des actrices et des femmes du demi-monde attirent les regards, les boutiquiers regardent ce défilé d'un air blasé, depuis longtemps ils sont habitués à ces physionomies, la plupart des hommes et des femmes leur sont connus, et ils attendent qu'un gant se déchire, qu'une canne s'égare, pour remplacer ces objets.

L'installation provisoire de l'Opéra à la salle Ventadour a donné un surcroît d'animation au passage Choiseul, et les petits commerçants espèrent se rattraper un peu des pertes que leur a fait subir la trop longue fermeture des Italiens.

Pendant longtemps la salle des Bouffes est seule restée ouverte, puis MM. Strakosch et Merelli ont repris la direction des Italiens et y ont ramené le public aristocratique, enfin, l'incendie détruisant la salle de l'Opéra, la troupe de notre grande scène musicale a dû alterner avec la troupe italienne, en attendant que M. Garnier ait terminé le magnifique monument du boulevard des Capucines.

Parmi ceux qui ont fréquenté ou qui fréquentent encore le café Choiseul, nous citerons MM. Strakosch et Merelli, directeurs des Italiens, tous deux bien appréciés dans le monde artistique. Ce qui explique la rancune de quelques-uns contre M. Strakosch, c'est l'incontestable habileté dont il a donné des preuves si nombreuses, la réputation bien méritée qu'il s'est faite dans le monde artistique. On a appelé *chance* son talent, ce mot résume parfaitement les idées mesquines et étroites de ceux qui, ne réussissant à rien à cause de leur impuissance, ne voient dans les coups de fortune des autres que le résultat d'un bonheur insolent.

Du temps que M. Offenbach trônait aux Bouffes·

Parisiens, il allait souvent au café Choiseul en
compagnie de ses beaux-frères, MM. Robert et
Gaston Mitchell, de M. Comte, aujourd'hui directeur des Bouffes; M. Jules Noriac, qui en a tenu
pendant quelques années le sceptre directorial;
M. Gressier, ancien ministre sous l'Empire; M. Picard, avoué de la ville de Paris, qu'il ne faut point
confondre avec son homonyme, député de l'opposition, membre du gouvernement de la défense
nationale, ministre de l'intérieur et des finances de
ce même gouvernement, ambassadeur à Bruxelles,
proposé par M. Thiers comme gouverneur de la
Banque de France, en un mot, apte à tout et propre
à rien, se sont assis aux tables du café. Le Picard
ministre ne montrait d'aptitude réelle qu'à toucher
de fort beaux appointements, l'autre défendait
énergiquement les intérêts de la ville de Paris. Ce
qu'on lui a présenté de baux antidatés au moment
des expropriations, ce qu'il a dû lutter pour mettre
à néant ces titres fantaisistes et réduire les prétentions des expropriés est inénarrable.

Un jour, un charbonnier de la Cité lui présente
un bail, antidaté de plusieurs années, fait sur papier timbré. Le bonhomme croyait déjà tenir une
somme énorme pour sa bicoque. Mais il ne savait
pas que ce papier porte dans le filigrane la date
de sa fabrication; l'avoué le place en plein jour, il
avait été fabriqué trois années après le millésime.

MM. de Najac, Edmond About, rédacteur en
chef du *XIXᵉ Siècle*, M. de Porto-Riche, auteur
dramatique, Jaime fils, l'auteur en collaboration
avec M. Noriac du livret de la *Timbale d'argent*;

le commandeur Léo Lespès — Timothée Trimm
du *Petit Journal;* — Grisart, le célèbre compositeur, à qui Anvers est fier d'avoir donné le jour ;
Bagier, directeur des Italiens ; Ponson du Terrail,
Cogniard père, directeur des Variétés, puis du
Château-d'Eau; Paul Siraudin, vaudevilliste spirituel et habile confiseur ; Penavaire, l'auteur de la
musique de *Ninon et Ninette,* pièce jouée à l'Athé-
née ; Arthur Heulhard, rédacteur en chef de la
Chronique musicale; Victor Champier, secrétaire
de Vapereau, auteur du *Dictionnaire des Contem-
porains,* Gaston Escudier, fils de l'éditeur des
œuvres de Verdi ; ont été plus ou moins assidus
au café Choiseul.

M. Gaston Escudier est directeur du journal
l'Art musical. Il a publié un ouvrage, *les Saltim-
banques,* illustré de cinq cents dessins par Crauzat.

Un sénateur, M. L..., très-âgé, très-cassé, s'y
rendait quotidiennement, attiré par une demoi-
selle de comptoir à laquelle il lançait des regards
aussi brûlants que le lui permettait son grand âge.
A-t-il été heureux?

L'éditeur Lemerre et beaucoup de poëtes qu'il
édite, M. Chavet, directeur de l'*Europe artiste*:
M. Neymarck, directeur du *Rentier,* beau titre
pour un journal, plus beau encore s'il est porté par
un individu; M. Halanzier, directeur de l'Opéra,
sont aussi parmi les habitués. On pourrait appli-
quer à M. Halanzier les quelques réflexions que
nous avons faites à propos de M. Strakosch, il a
des ennemis parce qu'il est intelligent et habile. Il
a été associé à Lyon avec M. d'Herblay, comme

directeur du Grand-Théâtre, puis il a dirigé l'Opéra
de Marseille et est arrivé à Paris.

Parmi les artistes, nous citerons MM Nicolini,
Ciampi, Verger, des Italiens ; Gil-Perez, du Palais-
Royal ; M. Vianesi, chef d'orchestre des Italiens ;
Cohen, premier violon de l'orchestre de ce théâtre ;
M. Émile Badoche, secrétaire de la direction et
chroniqueur au *Courrier d'État*. M. Badoche
avait épousé Mme Cambardi, chanteuse, morte
dans tout l'éclat de son talent en 1861.

Dans un coin, qui leur est spécialement réservé,
sont les correspondants des journaux anglais :
M. Holt-Wite, du *New-York Tribune* ; M. Long-
hurst, de *l'Économiste;* M. Hely Bowes, du *Stan-
dard*. Pendant la désastreuse guerre de 1870,
M. Bowes n'a point quitté notre pays, et son journal a été le seul parmi tous les organes de la
presse britannique qui n'ait point pris parti pour
les Allemands. Le 4 septembre, il se trouvait sur
le boulevard regardant les énergumènes qui bri-
saient les écussons des magasins, lorsqu'il rencontra son tailleur. Le prince de l'aiguille portait
le costume de garde national, ce qui était tout na-
turel ; à son côté pendait un superbe sabre de ca-
valerie, et sa ceinture menaçait de se briser sous
le poids de deux revolvers et d'un long poignard
turc. L'écrivain anglais lui demanda où il allait
dans cet accoutrement :

« Monsieur, les circonstances sont graves, il faut
se montrer ! je vais au café du Helder. »

M. Édouard Hervé, le sympathique directeur
du *Journal de Paris*, rend au café Choiseul de

fréquentes visites à M. Bowes. M. le docteur De-
caisne, rédacteur scientifique du journal *La France,*
lui parle politique ; des compatriotes sachant où le
trouver, l'entourent, lui causent, et, au milieu de
ce bruit, de ces phrases entrecoupées, de ces discussions, l'infatigable écrivain trouve le moyen de
répondre à chacun, de faire sa correspondance,
d'envoyer des télégrammes, de prendre des notes.

LE CAFÉ SAINT-ROCH

OBESPIERRE habitait rue Saint-Honoré, chez le menuisier Duplay, à peu de distance de cet établissement, dont il était, d'après la chronique, un des habitués. Mais que le *vertueux Maximilien* ait ou non fréquenté le café Saint-Roch, il lui avait dans tous les cas laissé son nom, et sous l'Empire les habitants du quartier l'appelaient le café Robespierre. Comme les amateurs de bière n'ont point de préférences politiques lorsqu'il s'agit de savourer cette boisson, on voyait à ce café Charles Muller, légitimiste, fondateur de la *Liberté*, qui plus tard céda ce journal à M. Émile de Girardin; A. Grenier, un bonapartiste; Aurélien Scholl, un sceptique; Victor Noir, un parfait républicain, du moins en apparence; Gambetta, Laurier, Michelant, rédacteur du *National* passé ensuite à la *France*.

Ce surnom de Robespierre donné à son établissement faillit être fatal au propriétaire du café

Saint-Roch. Lorsque les troupes occupèrent ce quartier après la prise de Paris sur les communards, on crut que ce débit de boissons était un centre où se réunissaient les partisans du pétrole, une enquête eut lieu et n'aboutit à aucun résultat. Les mânes du filandreux avocat d'Arras auraient tressailli, si après la mort de ce célèbre guillotineur son nom avait suffi pour faire exécuter un innocent.

LES CAFÉS DES BOULEVARDS

ANS les premières années du règne de Louis-Philippe, les boulevards étaient loin de ressembler à ce qu'ils sont de nos jours. Le Palais-Royal était encore le centre où se réunissaient les flâneurs, et tous les provinciaux arrivant à Paris se rendaient d'abord aux galeries pour admirer le mouvement de la population, les boutiques étincelantes, les cafés remplis de consommateurs. Seul, le boulevard des Italiens — surnommé boulevard de Gand — attirait un certain public. C'étaient les *gommeux* du temps, auxquels on donnait le nom de *gandins*.

A l'époque dont nous parlons, la magnifique avenue qui s'étend de la Madeleine à la Bastille n'était pas bordée dans toute sa longueur d'une double rangée de belles maisons. Sauf Tortoni et le café de Foy, au coin de la rue de la Chaussée-d'Antin et du boulevard, on n'y voyait que des cabarets de deuxième ordre et des marchands de vin.

. A l'endroit où se trouve actuellement le café du Helder, le boulevard était en contre-haut, une rue étroite, pareille à un large fossé, séparait la large chaussée des maisons. On peut juger du coup d'œil que devait offrir ce coin de la rue de la Michodière par ce qui reste encore de la rue Basse-du-Rempart. En peu de temps, le quartier se transforma. Un Allemand fonda le café du Grand-Balcon, célèbre par la qualité de sa bière. Le professeur de billard, Paysan, y donna des leçons de carambolage. Puis ouvrirent l'*Estaminet de Paris*, le café *Richelieu*, le *Divan des Panoramas*, dans la galerie du même nom, l'*Estaminet de l'Europe*, le café de la *Terrasse*, le café *Frascati*. Tous ces établissements, après une vogue plus ou moins longue, disparurent et furent remplacés par d'autres. Nous avons parlé déjà des cafés de Madrid, de Mulhouse, des Variétés, de Suède. Le café *Anglais* jouit d'une grande réputation, mais les littérateurs, les artistes et les hommes politiques ne s'y rendent qu'à propos de banquets, et notre spirituel ami, Fervacques, a donné dans les *Mémoires d'un décavé*, la véritable physionomie de cet établissement. Au café *Riche*, le soir, on rencontre souvent Scholl, Émile Villemot qui, en 1871, rédacteur d'un journal de Saône-et-Loire, entra au *Gaulois*, passa à l'*Éclair*, et ensuite à l'*Événement*. M. Pertuiset, qui a fait un voyage de découverte à la Terre-de-Feu, prend l'air de Paris au café Riche, quand il revient d'une expédition lointaine sur les rives de la Seine.

La *Maison Dorée* a pour client le plus riche

journaliste de France, M. Hubert Debrousse, directeur politique de la *Presse*. A *Tortoni* on voit quelques-uns des personnages que nous avons déjà cités en parlant d'autres cafés; le *Helder* est fréquenté spécialement par des officiers en retraite ou en activité de service. Le café de Foy, qui est plutôt un restaurant, a toujours eu une clientèle d'hommes politiques et d'écrivains. En 1830, il avait pour habitués les conservateurs; quelques années plus tard, M. Armand Carrel et ses amis s'y rendirent, et leurs discussions violentes finirent par faire disparaître ceux qu'on appelait alors comme aujourd'hui des réactionnaires. Les garçons de l'établissement se mirent eux-mêmes à politiquer; un soir, ils se réunirent après la fermeture du restaurant, allèrent sur la place de la Bastille où ils entonnèrent la *Marseillaise* et se dirigèrent vers le pont d'Austerlitz où était à cette époque établi un péage, et, au nom de la liberté, voulurent passer sans payer. Il y eut une lutte avec le poste, les chevaliers du tablier furent arrêtés, jugés et condamnés les uns à l'amende, les autres à six mois de prison. Flotte, qui devint un personnage en 1848, faisait partie de cette expédition. A cette époque, il épluchait les légumes au restaurant de Foy, la politique en fit un des apôtres de la réforme sociale.

Parmi les autres clients célèbres de ce café, on vit M. Émile de Girardin et Armand Marast. Sous l'Empire, il eut toujours des habitués appartenant aux lettres, et aujourd'hui on y remarque encore MM. Hector Pessard, Clément Laurier, Scholl,

Arthur Meyer, Gaston Jollivet, rédacteur de la
Presse, etc. Le vice-roi d'Égypte y est allé à chacun de ses voyages à Paris.

En remontant le boulevard, au coin du fau-
bourg Montmartre, est le restaurant Vachette,
tenu par M. Paul Brébant qu'on a surnommé,
comme feu Dinochaux, le *Restaurateur des
Lettres.* Parmi ses habitués, on remarque Robert
Mitchell, rédacteur en chef du *Soir ;* Jules Prével,
Gustave Lafargue, rédacteurs des échos de théâtre
au *Figaro ;* Jehan Valter, du *Paris-Journal ;*
Victor Koning. La plupart des écrivains et des
auteurs dramatiques sont allés ou vont encore
chez M. Brébant. Le voisinage des théâtres et des
bureaux de journaux attire ce public spécial vers
le boulevard Montmartre.

LE

CABARET DE LA PLACE BELHOMME.

N a récemment démoli, près de l'ancienne barrière Rochechouart, sur la place Belhomme, une maison où était installé un des plus anciens cabarets de Paris. Il se trouvait sur le chemin qui conduisait alors de Paris à Montmartre.

Sous Louis-Philippe, il était tenu par un individu attaché à la police. Sa clientèle se composait en grande partie de tous les conspirateurs de l'époque, qui y tenaient deux réunions par semaine, le lundi et le jeudi. Le jeudi, on présentait les affidés; le lundi, on les recevait. Les habitués étaient Caussidière; Ribeyrolles, rédacteur de l'*Émancipation* de Toulouse; Albert, qui devait, en 1848, faire partie du gouvernement provisoire ; Lagrange, de Lyon; A. Chenu, qui a écrit un livre sur les *Conspirateurs*; V. Léoutre, gérant de la *Réforme*;

Tiphaine; Grandmesnil; Fargin-Fayolles; Pilhes; le fameux Lucien de la Hodde, agent secret du préfet de police, qui était ainsi tenu au courant de tout ce qui se disait dans les réunions. En 1846 on ferma l'établissement et ses clients furent arrêtés; peu de temps après, le cabaret put rouvrir.

Le nommé Bastié, qui avait été commissaire extraordinaire en 1848, dans les Pyrénées-Orientales, a été le dernier propriétaire de l'immeuble de la place Belhomme, où pendant le siége on avait établi une roulette dont le maximum était de cinquante francs et le minimum de un franc. Bastié mourut pendant la Commune.

LE COUP DU MILIEU

UAND on a franchi le plateau de Châtillon, au delà de Fontenay-aux-Roses, suivant un sentier qui traverse les terres en culture, on arrive à un endroit où une grande fissure s'ouvre sous vos pieds. C'est une espèce de V immense creusé dans le sol. Le fond est à peine assez large pour l'étroit sentier tracé par les promeneurs. Les parois rapides étaient autrefois boisées, mais le voisinage de Paris a donné de la valeur au terrain, les arbres forestiers ont été arrachés et remplacés par des essences plus productives. Des noyers, des pruniers, des poiriers bien taillés, à l'écorce propre et luisante, sont rangés en lignes droites ; à leurs pieds rampent des fraisiers ou fleurissent des violettes. Bientôt cette fissure s'évase et on se trouve au milieu de riches jardins. Un joli chemin qui longe au sud

le vaste plateau est, ou plutôt était bordé de
petites maisons presque entièrement cachées par
le feuillage épais des arbres. Un de ces immeubles appartenait à une brave femme qu'on appelait familièrement la mère Sense, qui y avait
installé une espèce d'auberge connue seulement des
artistes. L'endroit où se trouvait cette hôtellerie
s'appelle *le Coup du Milieu.*

Avant la guerre, la maisonnette, entourée d'un
jardin planté d'arbres vigoureux, au toit couvert
en partie de mousse et de plantes sauvages qui y
poussaient, y fleurissaient comme dans une serre,
offrait au flâneur le moyen de se reposer en respi-
rant à pleins poumons l'air pur saturé des par-
fums des bois. La mère Sense servait du petit vin
frais dans des pichets de grès, les tables de bois
étaient souvent surchargées de vases de toutes
formes et de toutes grandeurs. Mais ce qu'il y
avait de mieux dans cet établissement, c'était sa
clientèle.

Des littérateurs amoureux du calme et de la verdure, des peintres à la recherche d'un paysage, en
avaient fait un centre de leurs réunions. On faisait
des mots, on commençait un roman, on esquissait
un tableau. Henri Mürger y allait en compagnie
de Schaunard, et le charmant auteur de la *Vie de
Bohème* trouvait souvent l'inspiration sous les ombrages du *Coup du Milieu.* Joannis Guigard,
l'amoureux des castels, des armures, des usages
du moyen âge, songeait aux chevaliers bardés de
fer, aux tours crénelées, aux mâchicoulis, aux
herses, aux fossés, aux ponts-levis de cette époque

et rappelait que Châtillon, de son nom latin *Castellio*, devait son origine à des forteresses bâties sur son territoire. Alfred Delvau aimait les arbres, les fleurs, les ruisseaux. Charles Monselet rédigeait les menus. La Bédollière improvisait des chansons; Pierre Dupont buvait; Fouque songeait à un article; un poëte poitrinaire, Armand Lebailly, toussait. Un autre poëte, qui cumulait avec la profession beaucoup plus lucrative d'employé de l'octroi, a écrit la vie de Lebailly, mort très-jeune, et qui a laissé outre des vers fort médiocres, la *Vie de Madame de Lamartine* et la *Vie d'Hégésippe Moreau*, œuvres plus sérieuses, qui ont paru dans la collection du *Bibliophile français*.

Lebailly était protégé par M. E. Legouvé, qui l'aida de sa bourse et de ses conseils. Ce pauvre garçon avait dans son talent une foi profonde, et s'imaginait être le poëte le plus distingué de son temps. Il rimait à tort et à travers; un jour qu'il se trouvait sans doute à la tête de quelques fonds, il nous adressa l'épître suivante:

> Cher ami, c'est pour demain soir,
> Que nous faisons du café noir;
> S'il vous plaît d'en boire une goutte,
> Vous n'avez qu'à prendre la route
> Du seul numéro quarante-un:
> Vous le connaîtrez au parfum!

> Si vous désirez une assiette,
> A cinq heures on servira.
> On ne verra pas une miette

Après. — A sept, on fumera,
Et si vous venez en casquette,
A neuf heures on vous pendra !

A cette époque, Lebailly restait rue Vavin, dans
une espèce de maison, dite meublée, dont il occupait un des cabinets les plus dégarnis de meubles.

Fernand Desnoyers, encore un poëte, faisait
partie des réunions du Coup du milieu. Un type
étrange était le libraire Pick de l'Isère, gesticu-
lant, parlant haut. Les rares passants s'arrêtaient
au son de cette voix vibrante, à la vue de ces bras
remuant comme un télégraphe aérien, de cette
figure maigre, percée de deux yeux noirs et vifs,
encadrée de longs favoris noirs. Pick avait une
bande de voyageurs qui plaçaient dans les départements des codes, des livres, tous à la louange de
l'Empire. Desnoyers a écrit une plaquette : *Une
Journée de Pick de l'Isère*, qui n'a été tirée qu'à une
soixantaine d'exemplaires et est aujourd'hui introu-
vable.

Pick a eu une foule de secrétaires, quelques-uns
se sont fait un nom dans les lettres. L'un d'eux
— qui n'a jamais été littérateur — entra chez lui
en sortant de la maison de détention de Loos,
dans le département du Nord, où un jury l'avait
envoyé pour le punir de faits qualifiés crimes par
le Code. Ce garçon, toujours peu scrupuleux,
épousa une femme ayant le double de son âge,
mais possédant une fortune considérable. Devenu
riche, l'ex-pensionnaire de la centrale se mit à le
prendre de très-haut et à trancher de l'aristo-

crate. Malgré tout, quand il tend, d'un air pro-
tecteur, le large battoir qui lui sert de main, on
voit que ces doigts longs et énormes ont été employés à une besogne rude. Mais beaucoup ignorent
qu'ils ont fabriqué des chaussons de lisière. Ce
qu'il y a de bizarre, c'est que Pick connaissait
parfaitement le passé de cet individu. Il voulait
faire un essai qui ne lui réussit pas.

M. Gustave Huriot, rédacteur en chef de la
Revue de l'Empire, résidait à la tour de Crouy et
allait souvent chez la mère Sense. De la *Revue,*
il passa au *Courrier français* et ensuite à la *Liberté*
de l'Yonne, journal fondé par M. Lepère, député
républicain de ce département. M. E. Bayard,
peintre de talent, affectionnait aussi la tour de
Crouy. Cet artiste fut décoré par l'impératrice le
15 août 1870. Après le 4 septembre, il se montra
un des plus acharnés contre le souverain tombé et
fit un tableau représentant Napoléon III traversant
en voiture le champ de bataille de Sedan tout jonché
de cadavres et fumant une cigarette. M. Bayard,
du reste eut beaucoup de collègues, et au moment
où la France était envahie et vaincue, un grand
nombre de Français, ou se prétendant tels, n'hé-
sitèrent point à solliciter une décoration qu'ils
n'avaient point méritée; mais on ne songeait guère
à vérifier des titres à une distinction honorifique
dans un pareil moment.

Après la guerre étrangère et la Commune, quand
les maisons des environs de Paris furent recon-
struites, l'auberge du *Coup du Milieu* resta à peu
près seule ruinée. Ses murs abîmés, ses fenêtres

brisées, son toit effondré, formaient un navrant
contraste avec la végétation vigoureuse du jardin.
Les extrémités des branches pénétraient dans les
chambres, les fleurs sauvages grimpant le long des
murailles ornaient le rebord des croisées et sem-
blaient regarder curieusement les débris qui jon-
chaient le parquet pourri et crevassé. Sur les murs
de la salle principale se détachaient les œuvres fantaisistes des artistes, anciens clients de la mère
Sense, qui avaient peint des scènes gaies. Tous ces
personnages, avec leurs costumes aux couleurs
voyantes, se riaient, se lutinaient, se prenaient la
taille et les mains, dansaient.

Des inscriptions en allemand annonçant le
séjour de nos vainqueurs cachaient en partie des
numéros de bataillons français. Des amis de la
Commune avaient écrit des insultes à l'adresse de
nos soldats et des louanges pour leurs amis, qui
venaient de brûler Paris et d'assassiner les otages.
Si M. Joseph Prudhomme, en villégiature, avait
passé devant ces ruines, il eût pu dire à son épouse,
en rajustant ses lunettes et en lui montrant les
peintures :

« Ces artistes, ça n'a jamais connu l'économie.
User tant de couleurs pour rien ! »

En effet, que pouvaient dire à son esprit obtus
les noms de Mürger, de Delvau, de Monselet, de
Pierre Dupont ? Les joies, les espérances, les cau-
series, les amitiés, les désespoirs qu'avait abrités
la modeste maison de la mère Sense étaient pour
lui choses absolument indifférentes.

Pour celui qui se souvient, le passé repa-

raît ; il ferme les yeux et aussitôt commence le
défilé joyeux des amis et des années écoulées. Les
hommes sont nu-tête et en bras de chemise; les
femmes ont accroché leurs chapeaux aux branches,
les cheveux flottent sur les épaules, les rires
éclatent; les oiseaux, habitués à ce vacarme,
égrènent leurs notes, le feuillage frissonne. Mais
bientôt le rêve qu'on a fait éveillé s'évanouit; il
ne reste que la verdure, le ciel bleu, le soleil bril-
lant et un monceau de débris. L'œuvre des hommes
n'existe plus, celle de Dieu est toujours aussi mer-
veilleuse.

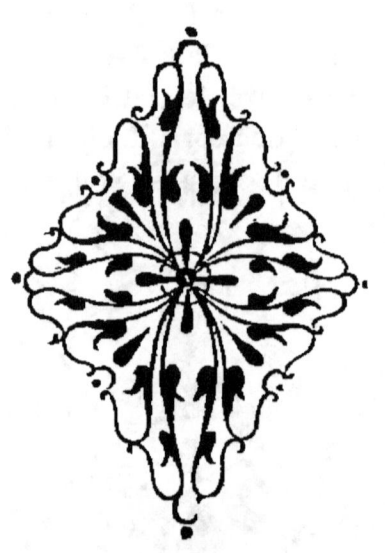

TABLE

Achevé d'imprimer

EN NOVEMBRE MIL HUIT CENT SOIXANTE-QUATORZE

PAR J. CLAYE

POUR E. DENTU, LIBRAIRE

A PARIS

www.ingramcontent.com/pod-product-compliance
Lightning Source LLC
Chambersburg PA
CBHW060841250626
47162CB00005B/2137